VON HAUS AUS DOMME

SUNCOAST SOCIETY
BUCH 2

TYMBER DALTON
LESLI RICHARDSON

Übersetzt von
LITERARY QUEENS

Midnight
ROMANCE

 Erstellt mit Vellum

INHALT

HOLEN SIE SICH IHR KOSTENLOSES BUCH!

Tragen Sie sich in meine E-Mail Liste ein, um als erstes von Neuerscheinungen, kostenlosen Büchern, Sonderpreisen und anderen Zugaben zu erfahren.

https://geni.us/jungfrauunddervampir

ANMERKUNG DER AUTORIN

Diese Geschichte wurde bereits im Jahr 2012 veröffentlicht. Für diese Version habe ich die Geschichte überarbeitet und um fast 4.000 Wörter erweitert, obwohl sich die Haupthandlung nicht wesentlich von der Originalgeschichte unterscheidet. Ich habe hier und da ein paar Dinge geändert, damit sie sich besser in den allgemeinen Konsens der Suncoast-Society-Serie einfügt.

Ja, ich lebe diesen Lebensstil auch im wirklichen Leben. Und viele Jahre lang war ich eine der freiwilligen Helferinnen, die den Tampa Bay Phoenix Club mitverwaltet haben.

Ich habe diesen Titel rückwirkend in den Katalog meiner Suncoast-Society-Reihe aufgenommen, die seit Juli 2022 auf 96 Titel angewachsen ist. Er wird als Buch 2 der Reihe geführt, kann aber in Wirklichkeit in beliebiger Reihenfolge gelesen werden, da er ein eigenständiger Roman ist. Ursprünglich habe ich dieses Buch und *The Reluctant Dom* geschrieben, bevor ich überhaupt daran dachte, eine Serie daraus zu machen. Und ja, der Club Venture aus der Serie basiert auf dem Tampa Bay Phoenix Club. Und ja, der Phoenix Club funktioniert ähnlich wie

Venture, nämlich als ein Gemeinschaftszentrum für Menschen mit schmutzigen Vorlieben – aber ohne Sex, das sowohl seltsamer als auch weitaus alltäglicher ist, als man je vermuten würde.

Die ursprüngliche Version von ›Tony‹ in dieser Geschichte basiert auf einem Freund von mir, einem Autorenkollegen und langjährigem Dominanten.

Und ja, ich habe ihm in Panik eine Nachricht geschickt und ihn um Rat gefragt. Ich bin jedoch nicht in ein Flugzeug gestiegen.

Künftige Versionen von ›Tony‹, von *The Reluctant Dom* über die gesamte Serie hinweg, basieren auf meinem früheren Partner, mit dem ich zu der Zeit zusammen war und der auf den Widmungsseiten vieler meiner Titel häufig als ›Sir‹ bezeichnet wird. Er war mehrere Jahre lang mein Lebensgefährte und hat mir so viel über diesen Lifestyle beigebracht. Leider endete unsere Beziehung aufgrund unvorhergesehener Umstände etwa fünf Jahre, bevor ich den Wikinger kennenlernte.

Diese fünf Jahre verbrachte ich damit, in Trauer zu versinken, bevor ich mich endlich wieder aufrappelte.

Ich habe die ursprüngliche Anmerkung der Autorin unten eingefügt, weil sich die erste Zeile im Nachhinein für mich verdammt witzig (ironisch) liest. Aus ›Ehemann‹ ist jetzt ›Ehepartner‹ geworden, weil er sich im Sommer 2021 als transsexuell geoutet hat. Außerdem wurde der Text geschrieben, bevor es Covid gab.

Das waren zwei weitere große Überraschungen, zusätzlich zu dem Ende meiner Beziehung zu ›Sir‹.

Hier ist eine weitere:

Ich bin, falls es noch nicht klar war, im wirklichen Leben polygam. Leider ist mein Partner, der Wikinger, der fast zwei Jahre lang mein Sklave war, im Oktober 2021 plötzlich verstorben (ironischerweise nicht an Covid). Russ war mein Wikinger, mein Junge und meine Liebe, und er war ein unglaublicher, schöner, brillanter und vielseitiger Mann. Er war außerdem ein Switch und legte mir auch das Halsband an. So habe ich auch meinen Daddy, Sir und Meister verloren. Wir hatten geglaubt, wir würden den Rest unseres Lebens zusammen verbringen.

Nun, er hat den Rest seines Lebens mit mir verbracht. Aber 55 ist verdammt noch mal zu jung zum Sterben, besonders für eine so schöne Seele wie Russ. Das einzige Versprechen, das er mir je gebrochen hat, war, dass er nicht als Erster sterben würde.

Und doch sind wir jetzt hier.

Dieser Roman ist viel persönlicher als die meisten anderen in dieser Reihe, denn als ich ihn 2008/2009 schrieb, beschrieb ich fast wortwörtlich (abzüglich eines Fluges), was mein Ehepartner und ich durchmachten, als er sich mir gegenüber als devot zu erkennen gab. Das war der Beginn unserer Reise in den BDSM. Jetzt, wo ich diese Zeilen schreibe (Juli 2022), ist unser 25. Hochzeitstag weniger als einen Monat entfernt.

Hätte sich mein Ehepartner nicht als versaut geoutet, hätte ich viele meiner Freunde nie kennengelernt, und ich wäre nie ›Sir‹ begegnet, und ich hätte nie meinen Wikinger kennengelernt. Und obwohl diese beiden Beziehungen auf zwei völlig unterschiedliche Arten endeten, sind sie beide unglaublich wertvolle Lieben, die ich nie mehr missen möchte, selbst wenn ich jetzt den Kummer kenne, den sie mir bereitet haben.

Stolperfallen.

Alles, was wir tun können, ist, einen Fuß vor den anderen zu setzen und zu hoffen, dass wir nicht stürzen.

Original-Autorennotiz von 2012:
Manchmal stellt einem das Leben echte Stolperfallen. Jetzt, da
mein Mann im Ruhestand lebt, kann ich zugeben, dass diese
Geschichte mehr als nur ein bisschen autobiografisch ist. Und wie
autobiografisch? Sagen wir mal, ich bin nie in ein Flugzeug
gestiegen. Aber er trägt treu sein Halsband. Das Leben ist
manchmal wirklich seltsamer als die Realität.

Dieses Buch wurde zuvor bei einem anderen Verlag veröffentlicht.
Ich habe mich sehr gefreut, dass ich viele E-Mails von Leserinnen
und Lesern erhalten habe, die sich dafür bedankten, dass ich
ihnen den Einstieg in ein Gespräch ermöglicht habe, das sie schon
lange mit ihrem eigenen Partner führen wollten.
Die Geschichte, um die es in diesem Buch geht, ist ›What Worse
Place Can I Beg in Your Love?‹ von Syd McGinley. Ich danke Syd
dafür, dass ich sie in meiner Geschichte erwähnen durfte.

Für meinen Ehepartner aus all den Gründen.
Für Russ, meinen Wikinger, meinen Daddy, meine Liebe, mein
Herz. Ich vermisse dich, Baby. Bitte warte auf mich, denn du hast
es versprochen. Süße Träume und Ruhe im Paradies, bis ich eines
Tages zu dir stoße und wir zum nächsten Abenteuer aufbrechen.

Ursprüngliche Widmung in der Version von 2012:

Diese Zeilen sind für meinen Mann, ›The World's Greatest Husband™‹. Ich liebe dich mehr, als ich dir jemals sagen kann. (Und übrigens, ich habe immer noch nicht mit dem Zählen angefangen.)

PROLOG

Sie

Ich stand vor dem Erwachsenenladen und erinnerte mich an die völlig entgegengesetzten Umstände, die mich das letzte Mal hierhergeführt hatten.

Nicely Naughty war tatsächlich ein besserer Erwachsenenladen, als man ihn in vielen anderen Orten findet. Er hielt die gesetzlichen Vorschriften ein, die einen Mindestabstand zu Kirchen und Schulen vorschreiben, war von außen lila und rosa gestrichen, verwendete viel Neon und befand sich direkt neben einem Tattoo-Studio.

Ich stand neben meinem Auto und starrte auf das Gebäude, mein pornografisches Schreckgespenst. Ich wollte das nicht tun. Aber ich glaubte an den Mann, der zu Hause auf mich wartete und sich auf meine Rückkehr freute, die Hoffnung in seinen Augen und seinen nackten Hintern in der Luft ...

Ich schloss die Augen und kämpfte mit den Tränen. Ich wollte das nicht tun.

Ich erinnerte mich daran, wie er meine Hand hielt, stark, tröstend und mehr als nur ein bisschen verführerisch, als wir das letzte Mal zusammen in diesen Laden gegangen waren. Während einer besonders heißen Nacht mit Bettgeflüster hatten wir scherzhaft beschlossen, einen Vibrator zu kaufen. Nicht, dass ich einen gebraucht hätte, denn er war der Mann mit der goldenen Zunge, wenn es nach mir ging.

Wir waren reingekommen, ich mit hochrotem Gesicht und dem Wunsch, mit seinem Körper zu verschmelzen. Ich schmiegte mich eng an ihn, als die freundliche und seltsam fröhliche junge Verkäuferin uns die Wand mit den vibrierenden Wundern zeigte. Wir gingen mit einem ziemlich schlichten, zahmen lilafarbenen Exemplar, das einem wirklichen Penis nur insofern ähnelte, als dass es leicht phallisch geformt war.

Ich starrte auf die Schaufenster, als ich mich an seinen spielerischen, sexy Tonfall an jenem Abend erinnerte. »Dieser Vibrator kauft sich nicht von selbst.«

Und jetzt war ich wieder hier. Allein.

Ich wollte das nicht tun. Ich glotzte das Gebäude an.

Dieser Butt-Plug wird sich nicht von selbst kaufen.

Ich stieg wieder in mein Auto und lehnte mich mit der Stirn an das Lenkrad. Wenn ich mit leeren Händen und einer faulen Ausrede nach Hause käme, könnte ich dann die Enttäuschung in seinen Augen ertragen? Er würde nicken, wegschauen und das Ganze mit Humor nehmen. Aber wie immer würde er wissen, dass ich lüge. Er würde mich davor bewahren, die Wahrheit auszusprechen.

Er würde ein guter Ehemann für mich sein. Ich weinte. Ich wollte das nicht tun.

Aber er wollte es.

Kleine Mädchen träumen von weißen Rittern und Superhelden, die sie beschützen und gesund und geborgen halten. Sie träumen davon, behütet und wertgeschätzt zu werden.

Wenn sie nicht gerade auf Perversionen stehen, träumen sie nicht von Peitschen, Handschellen und Butt-Plugs.

Es sei denn, es ist ihr Mann, der sie benutzt.

Normalerweise träumen sie nicht davon, diejenige zu sein, die sie in der Hand hält und sie an dem Mann anwendet, den sie lieben.

Ich lehnte mich zurück und wischte mir über das Gesicht. Ich glaubte an eine Reihe von Nachrichten, die ich über mehrere Tage hinweg mit einem Freund ausgetauscht hatte, von dem ich wusste, dass er auf den ›Lifestyle‹ steht.

KAUF IHM, *was du willst. Es ist deine Entscheidung. Du hast das Sagen.*

ABER ICH *WOLLTE* ihm keinen besorgen. Er wollte das. Mein Mann hatte eine tiefe innere Quelle des Mutes gefunden, sich die Seele aus dem Leib zu reden und mir das leise zu gestehen.

Ich meine, das *konnte* alles mit meinem Unbehagen koexistieren.

Ich recherchierte mit großen Augen im Internet und war entsetzt. Nicht, weil ich prüde bin. Ganz im Gegenteil.

Aber das war ... nun ja, Neuland für mich und ich fühlte mich außerhalb meines Elements.

Völlig außerhalb meines Elements.

Ironischerweise hatte ich das Gefühl, dass ich so etwas

nicht unbesehen kaufen konnte, weil ich Angst hatte, dass es zu groß wäre.

Tonys stets hilfreicher Rat?

BESORG ihm einen kleinen und einen mittleren und sag ihm, er soll mit ihnen spielen. Vergiss das Gleitmittel nicht. Achte darauf, dass du das richtige Gleitmittel für das Material nimmst, aus dem das Spielzeug gemacht ist. Bei bestimmten Spielzeugen kann man kein Silikon-Gleitmittel verwenden.

ICH SCHLUCKTE SCHWER, starrte in den Laden und dachte an das Gesicht meines lieben Mannes, an die Vorfreude in seinen Augen, als ich ihm gesagt hatte, dass ich heute einkaufen ginge ... für ihn.

Die Hoffnung. Die Liebe.

Ich wollte das nicht tun.

Aber als ich mein Höschen fest an seinen Platz klemmte und tief einatmete, bevor ich aus dem Auto stieg, wusste ich, dass ich es genau deshalb tun musste.

KAPITEL EINS

Sie

Was kann ich über unsere Ehe sagen? Es war für uns beide der zweite Versuch. Wir hatten beide ein Kind mit unseren Ex-Partnern, und obwohl er über ein Jahrzehnt älter war als ich, war das kein Problem. Er war mein Schutzengel. Ich war seine Ballkönigin.

Ich fühlte mich in vielerlei Hinsicht gerettet, nachdem ich ein Jahrzehnt lang eine seelisch missbrauchende Ehe geführt hatte. Er fühlte sich geliebt und begehrt, nachdem er anderthalb Jahrzehnte lang unter einer frigiden Eiskönigin hatte leiden müssen, die ihn für alles verantwortlich machte, von ihrer PMS bis zur globalen Erwärmung.

Als wir uns damals nach unserer Scheidung kennenlernten, chatteten wir nachts während der Arbeit stundenlang miteinander. Ich werde nie vergessen, wie begeistert ich war.

Ich fühle mich, als würde die Prom-Queen auf mich stehen!, sagte er eines Abends.

Noch nie hatte jemand so mit mir gesprochen. Und niemand hatte mir jemals so ein Gefühl gegeben.

Geachtet. Geliebt. Geborgen.

Wir dateten uns mehrere Monate und als sich alle weiteren Punkte zusammenfügten, hatten wir das Gefühl, dass dies vielleicht unser verdientes Happy End war.

Der Sex war phänomenal, soweit es mich betraf. Vor meinem Ex hatte ich schon ein paar annehmbare Partner gehabt, die in dieser Hinsicht mies waren. Mein neuer Mann hatte insgesamt drei Sexpartner gehabt – mich eingeschlossen – und noch nie einen Blowjob bekommen, bevor ich ihm einen gab. Er hatte auch noch nie eine Frau geleckt.

Es machte mir sehr viel Spaß, ihm das beizubringen. Er erwies sich als ein begabter und eifriger Schüler.

Wir zogen zusammen, was für uns beide aus verschiedenen Gründen ein beängstigender Schritt war, aber wie der Rest unserer Beziehung fühlte es sich … einfach an.

Die Kinder zogen aus und wir waren auf uns allein gestellt, und ich hatte das Gefühl, dass alles toll funktionierte. Wir stritten nie. Wir konnten zanken oder unterschiedlicher Meinung sein, ohne dass wir uns anschreien mussten, und trotzdem ins Bett gehen und uns einen Gutenachtkuss geben. Unsere Temperamente passten perfekt zueinander. Meines war eher hitzig, seins ein bisschen kühler. Ein tolles Geben und Nehmen, das für uns gut passte.

Wir waren offen und ehrlich, und als die jeweiligen emotionalen Narben unserer früheren Wunden verheilten, fanden wir einen einfachen Mittelweg, den wir für uns in Anspruch nahmen, und genossen unsere Zeit dort.

Ich hatte nie das Gefühl, dass mir etwas fehlte, außer, dass ich mir ab und zu wünschte, er wäre ein bisschen …

Dominanter. Würde mehr Initiative ergreifen.

Nicht ... in jeder Hinsicht. Ich war nicht auf der Suche nach einem Kerl, der seine Penisschwäche kompensieren muss. Ich wollte auf keinen Fall einen Herrschsüchtigen. Davon hatte ich in meiner ersten Ehe schon mehr als genug gehabt, danke.

Ich wollte nur, dass mein Mann ... vielleicht ein bisschen ... aggressiver im Bett war.

Aggressiv war nicht einmal das richtige Wort, denn ich meine nicht eins dieser Alphatiere aus Liebesromanen, die sich über die Heldin hermachen und sie vor lauter Begeisterung über seine magischen Pimmel-Fähigkeiten von selbst die Hosen runterlässt.

Ich vertraute meinem Mann auf eine Art und Weise, die ich bei meinem Ex nicht gekannt hatte. Oder überhaupt einem anderen Mann. Ich wollte ihm diese Kontrolle über mich geben. Ich wollte mich ihm unterwerfen. Jetzt, wo ich wusste, dass ich jemandem auf diese Weise voll und ganz vertrauen konnte, sehnte ich mich danach. Und obwohl wir gelegentlich im Bett miteinander spielten, nahm er sich nie das, was ich ihm freiwillig anbot.

Im Laufe der Jahre öffneten wir uns im Schlafzimmer ein wenig, die Dynamik glitt spielerisch hin und her, und ich fand mich mit der Tatsache ab, dass unsere Ehe zwar nicht aus dem Lehrbuch stammte, aber für uns funktionierte und ich ihn gegen nichts eintauschen wollte. Was also, wenn unsere ›traditionellen‹ Rollen alles andere als das waren?

Eines Nachmittags rief ich meinen Vater an, das Handy zwischen Schulter und Wange eingeklemmt, während ich die Drähte im Schalter des Deckenventilators studierte, den ich gerade austauschte.

»Warum macht das nicht dein Mann?«, schnauzte er.

Ich verkniff mir eine nicht ganz so töchterliche Antwort.

»Weil er auf der Arbeit ist. Ich bin durchaus in der Lage, das zu tun, Dad.«

Ich hatte immer den Eindruck, dass mein Vater in gewisser Weise auf meinen Mann herabsah. Nicht, dass er ihn nicht leiden konnte, denn meine Eltern liebten ihn, besonders nachdem ich jahrelang mit einem wirklichen Idioten zusammen gewesen war.

Aber mein Vater schien immer zu glauben, dass mein Mann sich um alles kümmern sollte. »Kannst du damit nicht warten, bis er nach Hause kommt?«, fragte er.

Ich wollte nicht zugeben, dass mein Mann keine Ahnung von elektrischen Anlagen hatte und dass ich eher ein Stachelschwein ablecken würde, als ihn an die Leitungen zu lassen.

»Papa, bitte. Beantworte einfach meine Frage.«

Sein Ton wurde schroff. »Hör mir zu, junge Dame ...«

Nur meine Eltern konnten sich erlauben, eine fast vierzigjährige Frau so zu nennen. »Papa, du hast mir doch beigebracht, wie ich mein Öl und meine Reifen selbst wechseln kann, oder? Warum zur Hölle kannst du mir nicht auch dabei helfen? Mein Mann arbeitet sehr hart in einem guten Job, bei dem er verdammt gutes Geld verdient und mir erlaubt, zu Hause zu bleiben und das zu tun, was ich liebe. Man sollte meinen, du würdest dich für mich freuen.«

Das war ein Tiefschlag, und ich wusste es, aber er funktionierte. Ich konnte fast hören, wie er zurückruderte.

Er seufzte den tiefen, resignierten ›Ich weiß, dass sie recht hat, aber ich bin immer noch ihr Vater‹-Seufzer. »Wie viele Drähte, sagtest du, hast du?«

Als ich eine Stunde später fertig war, schaltete ich den Unterbrecher für den Stromkreis im Wohnzimmer ein und sah zu, wie mein neuer Deckenventilator träge vor sich hin rotierte.

Als mein Mann später am Abend nach Hause kam, schlang er seine Arme um meine Taille und küsste meinen Hals. »Er sieht toll aus, Schatz. Warum hast du nicht gewartet, bis ich nach Hause gekommen bin? Ich hätte dir geholfen.«

Ich zuckte mit den Schultern und schmiegte mich an ihn, denn ich fühlte mich ruhig und zufrieden, wenn er zu Hause war. »Kein Ding. Es macht mir nichts aus.« Das war die Ironie des Schicksals. Es machte mir tatsächlich nichts aus. Es war schön zu wissen, dass ich nicht zu den stereotypischen ›hilflosen‹ Frauen gehörte, die nicht einmal ein Starthilfekabel richtig benutzen konnten. Ich war ein bisschen stolz – okay, sehr stolz – dass ich ziemlich selbstsicher war und es allein geschafft hatte.

Nun, mit dem Rat meines Vaters, aber größtenteils allein. Die Arbeit hatte ich allein verrichtet.

Und egal, wie sehr ich mich auch verrenkte, mein Ex machte mir selten Komplimente über meine Leistungen. Meistens fand er einen Fehler und zerpflückte mein Tun unter dem Deckmantel der ›konstruktiven Kritik‹.

Nicht aber mein Mann.

Er küsste mich auf die Stirn. »Du bist so gut in diesen Dingen. Ich bin so stolz auf dich.«

Ich schlang seine Arme fester um mich und hüllte mich in eine Wolke aus Stärke und Sicherheit. Nein, ich würde keine tausend Handwerker gegen meinen Mann eintauschen. Nie im Leben.

Männer werden genauso wenig mit einem Handwerker-Chromosom geboren wie Frauen mit einem Shopping-Gen. Mein Mann und ich waren zwei leidgeprüfte Beispiele dafür. Wie gut, dass wir einander gefunden hatten.

Und doch füllten wir immer noch traditionelle Rollen aus. Als ihm die Gallenblase entfernt werden musste, saß ich panisch allein im Wartezimmer und kam mir dumm vor, weil ich weinte und wie eine Idiotin aussah. Einer der Krankenhaus-Seelsorger sah mich und glaubte wohl, dass mein Mann im Sterben lag, bis ich gestand, dass er nur wegen einer routinemäßigen Gallenblasenentfernung hier war. Verdammt, er sollte an diesem Nachmittag mit mir nach Hause gehen, solange es keine Komplikationen gab.

Ich werde nie vergessen, wie sich der Seelsorger zurücklehnte und mich ansah, als wäre mir ein dritter Augapfel gewachsen.

Er ist mein Engel, mein Ehemann. Wie erklärt man jemandem, dass es keine Rolle spielt, ob ich einen Automotor reparieren kann, wenn der Gedanke, meinen Mann zu verlieren, mich zu Tode erschreckt? Wenn er jeden Tag das Haus verlässt, geht ein Teil von mir mit ihm, und ich mache mir immer Sorgen, bis ich sein süßes Gesicht am Abend wieder durch die Tür kommen sehe.

Ich war noch nie so erleichtert wie in dem Moment, als die Krankenschwester mich in den Aufwachraum rief und ich seine Hand halten durfte, um mir zu versichern, dass es ihm gut ging.

Er war zu mir zurückgekommen.

Er kam immer zu mir zurück. Gott sei Dank!

Später am Abend, nachdem ich ihn in unser Bett gelegt und seine Schmerzmittel ihn sicher ins Traumland gebracht hatten, kuschelte ich mich an ihn, mein Ohr an seine Brust gepresst und lauschte seinem starken und gleichmäßigen Herzschlag.

Ich brauchte ihn. Ich hatte vor ihm so viele Jahre in einer geistigen und emotionalen Einöde verbracht, dass ich wusste, ich würde den Schmerz, ihn zu verlieren, niemals ertragen können. Ich würde alles für ihn tun. Abgesehen von meinem Kind hatte ich noch nie jemanden so sehr geliebt wie meinen Mann.

Bei ihm fühlte ich mich immer sicher und geborgen. Geliebt. Ich wusste, dass er sterben würde, um mich zu beschützen, wenn er jemals in diese Lage käme.

Das konnte ich von meinem Ex nicht behaupten, das ist verdammt sicher.

Und wenn er sich beim Überprüfen der Flüssigkeiten nicht mehr erinnern konnte, welcher Zylinder der Hauptschalter und welcher die Servopumpe war, na und? Wen interessierte das schon?

Er liebte mich. Und ich liebte ihn.

KAPITEL ZWEI

Er

Ich liebe es, mit meiner Frau zu schlafen. Sie hat immer gesagt, dass es ihr gefällt, und wenn ich mich mal nicht so gut fühle, hebt das immer meine Laune ... unter anderem.

Ich sehe ihre Unvollkommenheiten wirklich nicht. Was wäre ich für ein Heuchler, wenn ich mich über eine Frau lustig machen würde, die meine Welt erhellt, wenn ich keinen perfekten Körper habe? Wenn sie anscheinend blind für meine Unzulänglichkeiten ist?

Niemals.

Für mich ist sie die schönste Frau der Welt und das wird sie auch immer bleiben.

Es gab Zeiten, in denen ich mich ärgerte, wenn sie die Kontrolle über irgendetwas in unserem Leben übernahm, und mein männlicher Stolz sich daran störte, dass es wieder etwas gab, das ich nicht gut konnte. Egal, ob es darum ging, die Einzelteile in der Toilette auszutauschen, damit die

Wasserrechnung nicht in die Höhe schoss, oder die Servo-pumpe am Auto zu wechseln.

Ja, das machte sie. All das. Sie ist eine tolle Frau und ich bin verdammt froh, dass ich sie habe.

Ich bin der Erste, der zugibt, dass ich in solchen Dingen nicht gut bin, aber sie schon, durch Übung und Fingerspit-zengefühl. Und ich glaube, dass wir in den ersten Jahren beide um die Dinge herumgetanzt sind. Ich habe beobach-tet, wie sie sich während einer Debatte buchstäblich aufge-rappelt hat, wie sich die Räder in ihrem Kopf drehten und sie entweder kurz innehielt und mir zustimmte oder einfach das Thema wechselte, weil sie mein Ego nicht verletzen wollte.

Noch etwas, wofür ich sie liebte.

Männer sollen das Auto, das Dach und die verdammte Toilette reparieren und sich um all diese Dinge kümmern. Ich bin kein Idiot, aber ich bin ein Bücherwurm und ich weiß, dass ich handwerklich überhaupt nicht begabt bin. Männer sollten nicht auf dem Boden stehen und die Leiter halten, während ihre Frau oben auf dem Dach ein Teer-pflaster um ein Entlüftungsrohr anbringt, damit kein Wasser eindringt.

Sie hat es mir noch nie unter die Nase gerieben. Kein einziges Mal.

Es ist wahrscheinlicher, dass sie mich für eine dumme Computerfrage anmeckert, die sie schon unzählige Male beantwortet hat, oder dafür, dass sie dutzendmal versehent-lich von meinem Handy in der Hosentasche angerufen und getextet wurde, während sie sich auf ihre Arbeit konzen-trieren wollte.

Als die ersten Fantasien begannen, als sie mir im Bett andeutete, ich solle die Kontrolle über sie übernehmen, habe ich es versucht. Das tat ich *wirklich*. Ich *wollte* das für sie tun.

Aber es gibt ein paar Dinge, die man sich nicht eingestehen kann, egal, wie sehr man jemanden liebt.

Wie konnte ich ihr gegenüber zugeben, dass ich diese Dinge auch von ihr wollte? Sie tat schon so viel. Sollte ich ihr noch mehr zumuten?

Hier, mach alles, Schatz. Übernimm die Kontrolle über alles.

Das war ihr gegenüber nicht fair, auch wenn der Gedanke mich härter als Granit machte.

Ich verbrachte viel Zeit damit, mich abwechselnd dafür zu hassen und mich zu ärgern. Nicht über sie, sondern über die Situation.

Eines Nachts liebten wir uns, und während ich sie fickte, griff sie hinter mich und streichelte meine Eier. Verdammt, ich liebe es, wenn sie das tut. Und als ihre Hand auf meinem Arsch ruhte, unterdrückte ich den Drang zu sagen: »Nur noch ein bisschen mehr, Baby. Du bist fast da.«

Sie hatte schon so viel durchgemacht, bevor wir zusammenkamen. Ich hatte sie in ihrer schlimmsten Zeit gesehen und wusste, dass es Dinge gab, die sie nie wieder erleben wollte.

Würde es mich zu einem besseren Menschen machen als ihren Ex, wenn ich solche Dinge von ihr verlangte? War der Kontext so viel anders, obwohl wir über ein Jahrzehnt zusammen waren?

Wie sagst du zu der Frau, die du liebst: »Schatz, ich will, dass du mich in den Arsch fickst?«

KAPITEL DREI

Sie

Ich weiß noch, wie meine Freundin Jenn mir vor Jahren ins Gesicht lachte, als ich ihr sagte, dass ich nie ›Liebesromane‹ schreiben würde.

»Freundin, das tust du doch schon. Nur weil du deine Bücher nicht für Bodice-Ripper-Romane hältst, macht es sie nicht weniger zu Liebesromanen.«

Das erwischte mich auf dem falschen Fuß.

Wie sich herausstellte, hatte sie recht, und jetzt bezeichne ich mich mit Stolz als ›Liebesromanautorin‹.

Das Gespräch mit ihr hätte allerdings ein Hinweis sein sollen. In einem Buch hätte es das Erdbeben vorweggenommen, das meine Seele und meinen Verstand erschüttern sollte.

Fehlanzeige.

Ich schrieb eine Menge. Das Schreiben der Bücher machte mir Spaß, und als ich herausfand, dass sich die MMF-Ménages gut verkauften, gab mir das noch mehr Ansporn.

Meinem Mann war es sehr unangenehm, wenn er die Stellen las, an denen es die Jungs trieben. Für mich war das in Ordnung. Ehrlich gesagt, es erleichterte mich.

Ich glaube, ich hätte mich geärgert, wenn es ihn erregt hätte, denn nach so vielen gemeinsamen Jahren und dem Glauben, diesen Mann zu kennen, würde es mich wohl beunruhigen, wenn etwas so völlig Neues auftauchen würde.

Kein Wortspiel beabsichtigt.

Meine neckischen Kommentare machten die Situation auch nicht besser, wie sich herausstellte.

Nachdem ich sechs Monate lang die Erotikbücher geschrieben und verkauft hatte, hatten wir eines Nachts eine ziemlich heiße Session im Bett. Die Fantasien und die schmutzigen Ausdrücke flogen nur so zwischen uns hin und her. Er stellte sich vor, wie ich ihn nackt im Auto mitnehme und ihn eines Nachts irgendwo hinbringe, wo ich ihn herumführe, zum Beispiel an den Strand. Wie ich ihm Befehle erteile.

Er stand total darauf, also konnte es nicht schaden, mitzuspielen. »Was möchtest du noch von mir?« schnurrte ich in sein Ohr.

Ich hörte sein Flüstern kaum. »Ich möchte, dass du mit meinem Arsch spielst.«

Ich erstarrte für einen Moment, denn er hatte das in über zehn Jahren Ehe noch nie auch nur angedeutet. Nicht so wie jetzt. Nicht, dass es mich erschreckt hätte ...

Okay, ja, es erschreckte mich. Aber nicht aus diesem Grund. Die Tatsache, dass mein Mann, der Mann, den ich so gut zu kennen glaubte, dieses Kaninchen sozusagen aus seinem Arsch zauberte, erschreckte mich.

Was wusste ich sonst noch nicht über ihn?

»Stört dich das?«, fragte er in demselben, ängstlichen Flüsterton.

Ja, ich hatte den Tonfall erkannt. Verängstigt.

Er machte sich Sorgen, dass ich ausrasten würde.

»Nein, das stört mich nicht.« Nun, es störte mich auch nicht.

Über etwas erschrecken und sich nicht daran stören können sich gegenseitig ausschließen.

Ich wollte nicht fragen, tat es aber trotzdem. »Was willst du noch?« War das ein Weg, den ich überhaupt einschlagen wollte, geschweige denn beschreiten?

Er schmiegte sein Gesicht an meine Schulter und ich konnte ihn fast nicht mehr hören. »Ich hätte nichts dagegen, deinen Sklaven zu spielen«, flüsterte er.

Wir hatten das Spiel im Laufe der Jahre oft ausgetauscht, ein bisschen Fantasiespaß, der endete, wenn alle Orgasmen verklungen waren und wir uns zum Einschlafen umdrehten. Bettgeflüster.

Hauptsächlich Gerede.

Niemals gab es viel Action, schon gar nicht außerhalb des Schlafzimmers.

Das hier war ganz anders. Seine Stimme, sein Benehmen.

Ich nahm den leichten und feigen Weg. Ich tat so, als wäre es nicht anders als alles andere, was wir bisher getan hatten. Eine Überraschung in einer Nacht war fast mehr, als ich gefahrlos verarbeiten konnte, ohne seine Gefühle zu verletzen oder ihn zu überrollen.

Ein befreundeter Schriftsteller veröffentlichte eine Geschichte über einen Mann, der auf einem fremden Planeten gefangen ist und als Haustier des Außerirdischen endet. Der Mann war schwul und unterwürfig – ein Sub.

Es war eine Geschichte, die mich gleichzeitig verstörte und begeisterte, als ich sie las. Es war eine der Geschichten, die ich eine Weile verdauen musste, in der ich mehrmals zurückgehen und sie erneut lesen musste, um die volle Wirkung zu spüren. Die Emotionen waren es, die mich mehr berührten als der Sex.

Ja, ich gebe zu, ich gehöre zu den perversen Frauen, die nichts gegen die Vorstellung von einem Mann mit einem Mann haben. Ich will vielleicht nicht sehen, wie mein Mann es mit einem anderen Kerl treibt, aber in meiner Fantasie oder wenn ich Fremden im Internet zuschaue, ist das alles in Ordnung.

Eines Abends benutzte er mein Tablet und sah sich ein paar meiner E-Books in der Lese-App an. »Was ist das für ein Buch?«, fragte er und klickte auf einen der Titel.

Ich schaute hinüber und verschluckte mich ein wenig an meinem Tee, als ich lachte. »Das wird dir wahrscheinlich nicht gefallen, Schatz. Es ist Mann-Mann D/S.«

»D/S?«

»Dom/Sub.«

»Oh.«

»Alien und Mensch auch. Und es ist grafisch. Explizit. Sag nicht, ich hätte dich nicht gewarnt.«

»Verkauf es doch noch ein bisschen besser«, stichelte er mit einem Lächeln. »Ich habe deine Warnungen ordnungs-gemäß zur Kenntnis genommen. Ich bin erwachsen.«

Er las es.

Später am Abend liebten wir uns und ich bemerkte, dass er sich so schnell bewegte, wie schon lange nicht mehr. Manche der E-Books auf meinem Reader waren ziemlich rassig.

Na gut, erotisch. Zufrieden?

Ich musste einfach fragen. »Was hast du von Syds Geschichte gehalten?« *Hmm?«*

»Die Geschichte über das außerirdische Haustier. Wie fandest du sie?«

Er erstarrte und ich spürte, wie der Drehpunkt kippte, als lägen wir tatsächlich auf ihm.

Oder unter ihm, wenn man es mit Edgar Allan Poe halten will. »Sie war gut«, flüsterte er.

Warum hatte ich diese Unterhaltung begonnen? »Hat es dich nicht erschreckt?« »Nein. Es hat mir ... gefallen.«

Ich stellte die Frage, bevor ich mich zurückhalten konnte. »Gab es etwas, das dir besonders gefallen hat?«

Er antwortete nicht.

Ich musste es sagen. Die Stille brachte mich um. »Viele Heteros mögen Analsex.«

Ein Teil der Anspannung fiel von ihm ab. Ich spürte, wie er sich an mich schmiegte. Er sah mich immer noch nicht an, sein Gesicht lag auf meinem Bauch, seine Lippen waren warm und feucht an meiner Haut. »Ja?«

Ich strich ihm über den Hinterkopf. Wie lange hatte er sich das schon gewünscht und sich nicht getraut, danach zu fragen?

Und wie viel mehr war da noch?

»Ja.« Ich liebte es, wie sich sein Haar zwischen meinen Fingern anfühlte, so weich und glatt. Ich ließ meine Hand auf seinem Hinterkopf ruhen und streichelte ihn sanft. »Wenn du es willst, ist das okay.«

Er küsste meinen Bauch. »Okay. Ich danke dir.«

Aber in der Geschichte ging es nicht um Analsex, auch wenn sie ihn enthielt. Es ging nicht einmal um eine schwule Beziehung.

Es ging um einen Dom und einen Sub. Einen Besitzer und ein Haustier. Einen Meister und einen Sklaven.

Ich schloss meine Augen. »Was hat dir noch gefallen?« Im Geiste rief ich mir zu: *»Halt die Klappe, halt die Klappe!«*

Er erstarrte wieder. Ich spürte, dass er mich beobachtete, und ich brauchte nicht hinzusehen, um zu sehen, dass er mein Gesicht betrachtete.

Schließlich sagte er: »Es war eine gute Geschichte.«

Das war nicht die Stimme meines Mannes, der starke, bestimmende Ton, den ich gewohnt war zu hören.

Dieses leise, fast unterwürfige Flüstern war neu und fremd für mich. »Was hat dir daran gefallen?«, fragte ich ruhig weiter und hoffte, dass er nicht bemerkte, wie mein Herz raste.

Er ließ sich mit seiner Antwort viel Zeit. Ich spürte immer noch, wie er mich prüfend ansah und versuchte, sich die Antwort so zurechtzulegen, dass er glaubte, ich würde nicht völlig ausflippen.

Ich spürte, wie er sein Kinn auf meinen Bauchnabel legte. »Das würde ich gern tun.« Wieder eine lange Pause. »Für dich. Mit dir.«

»Mehr als nur spielen?«

Er küsste meinen Bauch und lehnte seine Wange an meine Haut. Um zehn Uhr abends hatte er ein paar Stoppeln auf der Wange, kratzig.

»Ja. Mehr als nur spielen.«

Atmen, dachte ich. *Luft ein, Luft aus.*

Ich brauchte einen Moment, um die Dinge in meinem Kopf zu ordnen. »Was willst du tun?«, fragte ich und versuchte, das, was ich gehört hatte, so wenig bedrohlich wie möglich zu formulieren.

»Ich möchte dein Sklave sein.«

Okay, ich hatte *ihn also richtig verstanden.*

Ich wollte ihn nicht minutenlang hängen lassen, ohne eine Antwort zu geben, aber mein Verstand raste, weil ich damit kämpfte, das … zu verarbeiten.

Schließlich zwang ich meinen Mund und mein Gehirn

dazu, zusammenzuarbeiten, um diese ganze Sache mit den Worten hinzubekommen. »Ich brauche ein bisschen Zeit, um das zu verstehen, Schatz.« Ich dachte an Dinge, die ich im Internet gesehen hatte, an Klischees, mit denen ich mich nicht anfreunden konnte. »Ich weiß nicht, was ich darüber nicht weiß«, gab ich zu. »Ich bin mir nicht sicher, ob ich mich wohl dabei fühlen könnte, dich zu schlagen. Oder das Zeug mit der Erniedrigung. Das kann ich dir nicht antun, ich liebe dich.«

»Das will ich nicht«, flüsterte er. »Ich will, dass du die Kontrolle hast. Nicht nur im Schlafzimmer – die ganze Zeit über. Ich will, dass du meine Herrin bist.«

Also gut.

KAPITEL VIER

Er

Ich konnte nicht glauben, dass sie so ruhig geblieben war.

Ich hatte etwas recherchiert, und nein, wir waren nicht gerade Bondage-Leute aus dem Lehrbuch. Obwohl ich beim Durchstöbern einiger Websites nach einigen Fesseln geiferte und mein Schwanz pochte, als ich daran dachte, wie es sich anfühlen würde, wenn sie mich fesseln würde ...

Ich hatte keine Ahnung, wie ich ihr sagen sollte, warum ich das brauchte. Ich vertraute ihr. Ich hatte noch nie in meinem ganzen Leben einem anderen Menschen so sehr vertraut wie meiner Frau.

Als die Kinder schließlich auf eigenen Füßen standen, war es nicht ungewöhnlich, dass ich abends vor dem Schlafengehen nackt durch das Haus lief. Sie genoss das, und ich weiß, dass ich es auch tat. Als wir damit anfingen, zog ich mich freiwillig aus, sobald ich nach Hause kam, und blieb so, bis ich mich anziehen musste, um zur Arbeit oder in den Laden zu gehen.

Ich fragte sie, ob sie wollte, dass ich ein Tagebuch führe, weil ich im Internet gelesen hatte, dass andere Meister ihre Sklaven dazu zwangen. Ich wollte eine Liste mit Regeln, Hausarbeiten und Aufgaben haben, die ich für meine Herrin erledigen sollte.

Ich nahm mir vor, jeden Morgen ihren Kaffee für sie zu kochen. Ich stellte sicher, dass ihr Laptop immer einge-schaltet war, wenn ich aufstand.

Irgendwie fühlte ich mich dadurch besser. Ich sehnte mich danach, etwas für sie zu tun, und wünschte mir, ich könnte es mir leisten, die Arbeit aufzugeben, zu Hause zu bleiben und den ganzen Tag für sie zu sorgen, mich um sie zu kümmern und sie zu verwöhnen.

Mit ihr zusammen zu sein.

Wenn ich auf der Arbeit saß und den Kollegen zuhörte, wie sie über ihre Frauen und Freundinnen lästerten und sich darüber beklagten, dass ihre Freizeit von ihren besseren Hälften bestimmt wurde, versteifte sich mein Schwanz.

Ich wünschte, meine Frau würde das für mich tun, jede Sekunde genau planen.

Mich besitzen.

Als ich eine Woche später nach Hause kam, hatte sie mir eine Online-Aufgabenliste mit einer Tabelle erstellt, die ich täglich abhaken musste, um zu bestätigen, dass ich sie gelesen hatte, und in die ich alle Fragen, Anliegen und Wünsche eintragen konnte.

Ich hätte fast gesabbert.

Was zum Teufel stimmte mit mir nicht? Aber sie liebte mich. Sie tat das für mich. Meine Herrin.

In den ersten paar Tagen rannte ich fast nach Hause, um zu sehen, ob sie etwas hinzugefügt hatte. Es fing sehr einfach an, meistens mit Dingen, die ich schon immer gemacht hatte.

Ich schluckte meine Enttäuschung herunter und füllte fleißig mein Tagebuch aus, wie es mir aufgetragen wurde. Ich wollte mehr.

Brauchte mehr. Gierte nach mehr.

Am dritten Tag erschien eine neue Zeile.

Du wirst immer gut auf deine Spielzeuge aufpassen und genau wissen, wo sie sind, damit du sie sofort holen kannst, wenn die Herrin sie an dir benutzen will.

Ah! Ja!

Moment mal! Spielzeuge? Welche Spielzeuge? Ich hatte kein Spielzeug. Noch nicht.

Dann die nächste Zeile.

Du darfst nicht ohne Herrin kommen, es sei denn, sie sagt dir, dass es okay ist.

Ich leckte mir über die Lippen und kämpfte gegen den Drang an, meinen Schwanz genau in diesem Moment zu packen. Als ich die Worte las, bekam ich eine harte, pochende Erektion. Das war es, was ich wollte.

Es war nicht genug, aber ich wusste, dass es nicht fair war, sie noch mehr zu drängen, als ich es schon getan hatte.

Außerdem war sie meine Herrin. Es war ihre Entscheidung.

Ich wusste, dass sie sich Sorgen machte, zu schnell zu weit zu gehen, dass es eine vorübergehende Phase sein könnte und dass sie zögerte, etwas zu tun, was mich verletzen könnte.

Ich wollte sie anflehen, mit beiden Füßen hineinzu-springen.

Aber ich liebte sie für ihre Vorsicht, für ihre besonnene Herangehensweise an die Sache. Sie hatte Recht, und ich musste ihr vertrauen.

Ich musste meiner Herrin vertrauen.

Sie rief mir aus dem Wohnzimmer zu. »Geh und warte im Bett auf mich.«

Als ob ein Schalter in mir umgelegt worden war, sprang ich sofort von meinem Stuhl auf und rannte ins Schlafzimmer. Als sie ein paar Minuten später hereinkam, fand sie mich auf dem Bett kniend vor, den Arsch in der Luft.

Ihre Hand streichelte meinen Hintern, glitt zwischen meine Beine und ihre Nägel strichen sanft über meinen Sack.

Ahhh ...

»Ich gehe einkaufen«, sagte sie.

Spielzeug!

Ich wusste nicht, ob ich etwas sagen sollte, also kniete ich da und bekämpfte den Drang, meinen Hintern an ihrer Hand zu reiben.

Ihre Stimme geriet ins Stocken. »Bist du sicher, dass du das willst?«

Ich nickte, schloss die Augen und wünschte mir, sie würde mehr tun, als nur ihre kühle Hand auf meinen Hintern zu legen. »Ja, Herrin. Bitte.« Ich wusste, dass es wie ein Flehen klingen musste.

Ich war nicht mehr zurechnungsfähig.

Sie klopfte mir sanft auf den Hintern. »Du kannst etwas Freizeit haben, bis ich zurückkomme.« Sie zögerte. »Hast du heute deine Liste gelesen?«

»Ja, Herrin.« »Hast du noch Fragen?« »Nein, Herrin.«

Sie zögerte, als wollte sie etwas sagen, dann hörte ich, wie sie sich vom Bett entfernte. »Ich bin bald wieder da. Genieße deine freie Zeit.«

Bevor ich mich umdrehen konnte, war sie weg und einen Moment später hörte ich, wie die Haustür geöffnet und geschlossen wurde. Irgendetwas an ihrer Stimme klang ... anders.

Ich hatte keine Chance, mich rechtzeitig mit etwas zu bedecken und ihr zu folgen. Irgendetwas an ihrem Tonfall nagte an mir. Diesen Ton hatte ich seit Jahren nicht mehr von ihr gehört.

Vielleicht versuchte sie, nicht zu weinen.

KAPITEL FÜNF

Sie

Ich musste ein paar Schritte zurückgehen. Ich befand mich auf Neuland und hatte keine Ahnung, wie ich vorgehen sollte. Ich würde meinen Mann nicht schlagen. Lassen Sie es mich anders ausdrücken – ich könnte es nicht.

Ich habe kein Problem mit Menschen, die sich einvernehmlich auf Prügelspiele einlassen.

Aber es ist keine Aktivität, bei der ich mich wohlfühle, weder bei mir noch bei meinem Mann.

Ganz zu schweigen davon, dass ich in Latex wie ein Alptraum aussehen würde. Nicht, dass ich es überhaupt tragen würde.

Ich wollte nicht zu den Leuten gehören, die man auf Torrent-Seiten herunterladen kann, um zu sehen, wie sie sich in Qualen und Ekstase winden.

Oh, ihr Götter, bitte lasst nicht zu, dass er in eine Windel gewickelt oder wie ein Mädchen angezogen werden will!

Nochmal: Nichts gegen Leute, die diese Aktivitäten genießen, aber das konnte ich nicht tun.

Es gab Grenzen für das, was ich für ihn tun konnte. Grenzen, von denen ich wusste, dass sie mich in den Wahnsinn treiben würden, selbst wenn ich versuchte, sie zu überschreiten. Ich wollte diesem Mann unbedingt alles geben, was er sich von mir wünschte. So sehr liebte ich ihn.

Es gab jedoch einige Dinge, von denen ich wusste, dass ich sie nicht tun konnte.

Nicht, wenn ich meinen Verstand und meine Selbstachtung bewahren wollte.

Ich erinnerte mich daran, dass einer der Leute, die ich aus einer gemeinsamen Gruppe von Freunden kannte, ein Dom war.

Ein wirklicher Dom, der seine Peitsche einsetzt.

Nicht beruflich, sondern in der Freizeit.

Am nächsten Abend sah ich Tony online und schickte ihm eine Nachricht.

ICH HABE EINE FRAGE.

ER ANTWORTETE EINEN MOMENT SPÄTER.

SCHIEß LOS.

ICH WUSSTE, dass er seinen Mund halten würde, aber es fiel mir trotzdem schwer, die Worte zu tippen.

. . .

MEIN MANN WILL *ein Sub sein.*

EIN MOMENT DER PANIK, als sich seine Antwort verzögerte.

WAS WILLST DU?

ICH HATTE IMMER GESCHERZT, dass ich die Königin in unserem Haus sei, die Alpha-Schlampe, die maßgebliche Kraft.

Das war ein Witz.

Ja, in vielen Dingen stimmte das, aber ich versuchte, meinen Mann dazu zu bringen, die Entscheidungen zu treffen, wenn ich konnte. Deshalb brauchte ich auch einen langen Moment, um seine Frage zu beantworten.

ICH WILL IHN GLÜCKLICH MACHEN.

ICH WUSSTE, dass das eine Ausrede war, aber entweder ignorierte Tony sie oder er übersah sie ganz.

WAS WILLST DU ALSO WISSEN?

DAS WAREN WORTE, von denen ich nie gedacht hätte, dass ich sie einmal schreiben würde.

· · ·

ER WILL ES ANAL VERSUCHEN.

ICH WARTETE NERVÖS auf seine Antwort.

DANN BESORG IHM EINEN BUTT-PLUG ...

UND SO GING das Gespräch weiter.

Wenn wir also zurückgehen, verstehen Sie jetzt, wie es dazu kam, dass ich allein vor dem Laden für Erwachsenenspielzeug stand, mit den Tränen kämpfte und versuchte, mich zusammenzureißen und eine Domme zu sein.

Von Haus aus.

Die Opportunistin in mir bewahrte die Details für eine spätere Verwendung in einer Geschichte auf.

Hah! Ich gebe es zu: Alles in meinem Leben ist Freiwild für zukünftige Geschichten. So verdiene ich schließlich meinen Lebensunterhalt.

Als ich den Laden betrat, quittierte ich den Gruß der Verkäuferin mit einem nervösen Winken und machte mich auf den Weg zu dem, was man wohl die Po-Abteilung nennen könnte.

Ich wusste gar nicht, dass es Anal-Spielzeuge in so vielen verschiedenen Größen, Formen und Farben gab. Sie reichten von ›Warum sollte ich?‹ über ›Ist es schon drin?‹ bis hin zu ›Verdammte Scheiße, das passt auf gar keinen Fall da rein‹.

Ich starrte auf die Auslage und sah wohl furchtbar aus, denn die fröhliche Verkäuferin kam herüber und half mir nach einigen geduldigen Fragen zu meinem Anliegen, eine Entscheidung zu treffen. Ich wählte zwei aus, die mich nicht zu Tode erschreckten. Die Verkäuferin empfahl mir auch eine Flasche Silikon-Gleitmittel dazu, gab mir ein paar unglaublich hilfreiche Tipps für meinen Mann, der sie zum ersten Mal benutzte, und zwanzig Minuten später saß ich mit meinem Einkauf wieder in meinem Auto.

Das war eine lange Fahrt nach Hause, auch wenn sie nur zwanzig Minuten dauerte.

Ich hatte keine Ahnung, was ich tun sollte. Ich hatte Angst, meinen Mann zu verletzen, und wusste nicht, wie ich ihm die Dinger vorstellen sollte, was ich auch Tony gegenüber zugab.

Ich erinnerte mich an Tonys Rat.

GIB *ihm die Butt-Plugs und das Gleitmittel und sag ihm, er soll eine bestimmte Zeit lang spielen. Er wird dabei erröten und danach grinsen.*

NUN, irgendwo musste ich ja anfangen.

Bevor ich zu meinem ungewöhnlichen Einkaufsbummel aufbrach, hatte ich ein wenig recherchiert. Als ich zurückkam, fand ich meinen Mann nackt an seinem Schreibtisch sitzend vor, wo er E-Mails auf seinem Laptop las.

Ich reichte ihm die Tüte und seine Augen leuchteten auf. Er wollte aufstehen und ich sagte: »Warte.« Ich griff über ihn hinweg, tippte eine Website ein, navigierte zu der Seite, die ich bereits ausgekundschaftet hatte, und zeigte auf den Bildschirm. »Leseaufgabe. Nachdem du gelesen hast, kannst du ins Schlafzimmer gehen und dreißig Minuten spielen.«

Er nickte eifrig, anscheinend war er nicht mehr in der Lage, zusammenhängend zu sprechen.

Ich holte tief Luft. »Denk dran, du darfst auch nicht kommen.«

Er lächelte und nickte.

»Mach die Tasche erst auf, wenn du im Schlafzimmer bist.«

Er nickte wieder, und als ich aus dem Weg ging, sah er, dass es sich bei der Seite um eine benutzerfreundliche Anleitung für Neulinge über Anal-Plugs handelte und wie man sie richtig und sicher benutzt.

Ja, es gibt solche Seiten.

Ich weiß, das hat mich auch sehr überrascht. Ich schätze, man kann im Internet wirklich alles finden.

Ich kehrte ins Wohnzimmer zurück und versuchte zu schreiben. Ich saß nicht in direkter Sicht auf unser Schlafzimmer, aber ich hörte, wie er ein paar Minuten später aufstand, in unser Schlafzimmer ging und die Tür schloss.

Ich schluckte schwer.

Ich versuchte, E-Mails zu lesen. Ich versuchte, Nachrichten zu lesen. Ich versuchte, Twitter und TikTok zu durchstöbern, und selbst der AITA-Subreddit konnte meine Aufmerksamkeit nicht aufrechterhalten.

Ich wagte mich sogar auf Facebook.

Zehn Minuten später schlich ich auf Zehenspitzen den Flur entlang und stand vor unserer Schlafzimmertür, um zu lauschen.

Ich konnte nicht viel hören. Ich hörte das Bett ein wenig knarren, was bedeutet, dass er darin lag. Ich dachte, dass ich ihn stöhnen hörte, aber ich war mir nicht sicher.

Es war verlockend, ihm Gesellschaft zu leisten, aber ich musste das schaffen.

Er musste das tun.

Er wollte, dass ich seine Domme war. Das bedeutete,

dass ich lernen musste, mich zu behaupten, wenn ich ihm ein Kommando gab. Das gehörte doch dazu, oder?

Ich zwang mich zurück auf die Couch und dreißig Minuten nachdem ich gehört hatte, dass die Tür zuging, öffnete sich unsere Schlafzimmertür.

Er wurde rot, grinste von einem Ohr zum anderen und seine Haare sahen aus, als wäre er durch einen Windkanal gegangen.

Ich will verdammt sein. Tony hatte recht gehabt. »Und?«, fragte ich.

Er nickte, lehnte sich über die Lehne der Couch und küsste mich. »Wow!«

Ich versuchte, cool zu bleiben, aber ich wusste, dass ich zu neugierig war. »Du weißt also jetzt, wie man sie benutzt?«

Er nickte eifrig.

Ich meine, wie führt man so ein Gespräch mit dem Mann, den man liebt? Sagt man: »Hey, Schatz, wie fühlt es sich an, einen Butt-Plug im Arsch zu haben?«

Wie sieht die Etikette für eine solche Situation aus?

KAPITEL SECHS

Er

Heilige Scheiße, das war ein tolles Gefühl! Zuerst war ich nervös. Meine Augen wurden groß, als ich auf die Website schaute, die sie aufgerufen hatte.

Ich konnte nur erahnen, was in der Tüte war.

Ich schaute nicht rein. Meine Herrin hatte mir befohlen, nicht zu schauen, also tat ich es auch nicht.

Der schwierige Teil war, nicht zu kommen. Scheiße! Zuerst war es unangenehm, ein fremdes Gefühl, aber als ich mich entspannte ... heilige Scheiße!

Ich war noch niemals in meinem Leben so hart gewesen.

Ich konnte immer noch nicht glauben, dass sie das mitmachte. Und ich liebte sie verzweifelt dafür.

Ich wagte es nicht, meinen Schwanz zu berühren. Ich wusste, wenn ich das täte, würde ich mich streicheln und auf jeden Fall kommen.

Ich wollte die Herrin nicht enttäuschen. Meine Herrin.

Ich wusste, dass das nicht leicht für sie sein konnte, aber

... verdammt. Ich war noch nie in meinem Leben so verdammt erregt gewesen wie jetzt, als ich da lag und den kleinen Butt-Plug in mir bearbeitete. Ich wollte ins Wohnzimmer gehen und vor ihr auf die Knie fallen.

Aber das war nicht mein Befehl.

Nach ein paar Minuten war ich mutig genug, den mittleren zu probieren.

Wow!

Ich wälzte mich auf dem Bett und versuchte, meiner Herrin zu gehorchen. Gott, ich wollte meinen Schwanz streicheln. Das wäre das Einzige, was das Ganze noch besser machen würde ...

Ich erstarrte im Bett, als mir die Website, die ich mir angesehen hatte, bevor sie nach Hause kam, durch den Kopf schoss. Würde sie sich darauf einlassen?

Mein Schwanz pochte bei dem Gedanken.

Der sichtbare Beweis, dass ich besessen war. Ich wollte es so sehr, zu was für einem Freak machte mich das?

Ich wollte kein billiges Halsband aus der Tierhandlung. Ich wollte ein echtes Halsband, dick und verschließbar, etwas, das mich als ihr Eigentum kennzeichnete.

Ich versuchte, diese Vision aus meinem dummen Kopf zu löschen, denn sie half mir nicht, meiner Herrin zu gehorchen. Sie machte mich nur noch geiler.

Ich drehte mich auf den Bauch und schob mir den mittelgroßen Butt-Plug in den Arsch.

Das war ein Fehler.

Ich erstarrte auf dem Bett und wünschte mir, dass mein Schwanz weicher würde. Ich hatte nicht damit gerechnet, wie gut es sich anfühlen würde, wenn er auch nur das Laken berührte.

Schließlich hatte ich ihn ganz drin und drehte mich

wieder um. Mein Schwanz stand senkrecht in der Luft. So lange war er seit der Highschool nicht mehr hart gewesen.

Ich musste mehrere Pausen machen und mich ganz still-halten, weil ich das Gefühl hatte, ich könnte kommen, wenn ich nur daran dachte.

Das waren die längsten – und vielleicht auch die besten – dreißig Minuten meines Lebens. Als ich ihn schließlich widerwillig entfernte und alles in unser Badezimmer brachte, um aufzuräumen, erlaubte ich mir eine weitere Fantasie und stellte mir vor, wie es sich anfühlen würde, wenn sie meinen Arsch nicht mit einem zahmen Butt-Plug, sondern mit einem großen Strap-on ficken würde.

Würde ich jemals den Mut aufbringen, sie zu fragen?

KAPITEL SIEBEN

Sie

Du kannst nicht die Kontrolle über jemanden übernehmen und gleichzeitig zulassen, dass er die Kontrolle über dich übernimmt. Die Klarheit dieser Wahrheit traf mich. Das eine oder das andere. Gib einen Traum auf, um Platz für einen anderen zu machen.

Sein Traum oder meiner. Ich musste mich entscheiden. Oder etwa nicht?

Er könnte mir dienen. Er würde für mich sterben. Er würde Spinnen töten und einem Betrunkenen, der mich in einer Hotelbar anmachte, die Stirn bieten. Er würde mich mit jedem Atemzug in seinem Körper lieben, bis das Licht seine Augen endgültig verlässt und sie sich für immer schließen.

Es gab viele Dinge, die er von mir wollte, aber das waren seine Wünsche, nicht seine Sehnsüchte. Er wollte vor allem nur eines von mir. In seinem Herzen war das alles, was er brauchte – das *Einzige*, was er brauchte – von mir.

Er brauchte meine Kontrolle.

Er brauchte mich als seine Domme.

Wenn er das von mir hatte, wusste er, dass er auch die anderen, weniger wichtigen Dinge hatte. Wenn ich bereit war, das für ihn zu tun, wusste er, dass er meine Liebe, meine Zuversicht und mein Vertrauen hatte, egal, in welche Richtung das Spiel ging.

Kontrolle.

Ich schloss meine Augen und legte meine Brille auf den Tisch neben meinem Laptop. Hatten wir das nicht sowieso schon getan? Nur, dass ich jahrelang versucht hatte, ihn dazu zu bringen, eine dominantere Rolle in unserer Beziehung einzunehmen, während er die Kontrolle stillschweigend an mich abgab?

Und war ich ihm das nicht schuldig? Nicht, dass er es verlangt hätte. Selbst jetzt erwies er sich als guter Untergebener. Er würde nie etwas von mir verlangen. Ich könnte ihm sagen, dass er sich in eine Ecke setzen soll, dass ich weggehe, um bedeutungslosen Sex zu haben, und dass er noch immer in dieser Ecke sitzen soll, wenn ich zurückkomme, und er würde dort sitzen.

Es würde ihm weder gefallen noch Spaß machen, aber er würde es tun.

Nicht, dass mir so etwas jemals in den Sinn käme. Der Gedanke, dass es da draußen Menschen gab, die sich an Subs vergriffen, drehte mir den Magen um.

Ich öffnete meine Augen wieder und betrachtete den Bildschirm. Wegen seines Berufes konnte er nicht immer ein Halsband tragen. Aber mir gefiel das abschließbare Lederhalsband, für das er mir den Link geschickt hatte. Ich bestellte es.

Außerdem bestellte ich ein günstiges, schweres ID-Armband und ließ es gravieren. Auf der Außenseite stand der erste Buchstabe meines Namens.

Auf der Rückseite: BUG. Besessen und geliebt.

Unauffällig und doch sollte es eine greifbare Erinnerung daran sein, wer und was er war.

Das normale Halsband kam als Erstes an. Als er an diesem Abend von der Arbeit nach Hause kam, rief ich ihn ins Wohnzimmer und zeigte auf die Tür. Er fiel auf die Knie und sah mich an ...

Liebe. Hingabe. Eifer.

Er wollte das. Konnte ich ihm das wirklich abschlagen? Er war so glücklich wie seit Jahren nicht mehr, und wir hatten schon immer ein tolles Verhältnis zueinander gehabt.

»Du hast gesagt, dass du ein Halsband willst und hast mir eine Website geschickt.« Er nickte. »Ja, Meine Herrin.«

Ich konnte mich immer noch nicht daran gewöhnen, dass diese Worte aus seinem Mund kamen, aber ich musste mich wohl damit abfinden und damit klarkommen. Ich hielt das Halsband hoch und seine Augen weiteten sich.

Und sein Schwanz wurde hart. Es war, als hätte ich mit meinen Fingern geschnippt und schwupps, war sein Schwanz da. Pawlow hätte es nicht besser machen können.

»Dieses Halsband.« Er nickte.

Ich hatte mir auch ein kleines Schildchen anfertigen lassen, auf dem neben meinem Vornamen auch OWL eingraviert war.

»Willst du das?« Er nickte eifrig.

Ich schluckte schwer und legte es ihm um den Hals, wobei ich das kleine Schloss verschloss.

Es ging nirgendwohin.

Er starrte mich mit einem breiten, strahlenden Lächeln an. »Darf ich es mir anschauen?«

Ich nickte. Er sprang von der Tür auf und rannte mit seinem steifen Schwanz voran zum Gästebad.

Von der Tür aus beobachtete ich, wie er mit seinen Fingern über den Kragen strich und auf seinen Ausschnitt starrte, während sich ein Lächeln auf seinem süßen Gesicht abzeichnete.

»Gefällt es dir?« brachte ich endlich heraus.

Er drehte sich um und umarmte mich, ganz fest. »Ich liebe es. Danke!«

Ich versuchte, in dem Moment zu bleiben und nicht in Tränen auszubrechen. Mein süßer Mann bedankte sich eifrig bei mir, weil ich ihn wie einen Hund angeleint hatte.

Ich atmete tief durch und versuchte, in der Rolle zu bleiben. »Das wird folgendermaßen funktionieren. Sobald dein Tageshalsband da ist, trägst du es bei der Arbeit. Das hier wirst du nicht bei der Arbeit tragen. Das hier ist für zu Hause und am Wochenende. Jeden Tag, wenn du nach Hause kommst, sollst du zu mir kommen, damit ich dir das Halsband anlegen kann, dann kannst du dein Tageshalsband abnehmen. Morgens, bevor du zur Arbeit gehst, nehme ich dir das Halsband ab und du kannst dein Tageshalsband anlegen. Ansonsten nimmst du das Halsband nur im Notfall selbst ab, verstanden?«

Er nickte. »Ja, Herrin.«

Seine steife Erektion stieß gegen meine Hüfte. »Geh und steck dein mittleres Spielzeug ein und warte im Bett auf mich.«

Schnell rannte er los, um mir zu gehorchen.

Ich sah ihm zu, wie er den Flur hinunterlief.

Rannte. Ungeduldig.

Ich drehte mich um und starrte mich im Spiegel an. Ich fühlte mich wie ein Monster, aber ich sah auch nicht anders aus. Ich wollte zusammenbrechen und weinen, aber ich wusste, dass ich ihn damit verletzen würde. Er würde sich schuldig fühlen, und das war das Letzte, was ich ihm antun wollte.

Ich wusch mir das Gesicht, verdrängte es, zog mein metaphorisches Big-Girl-Höschen an und ging los, um mich um meinen Sub zu kümmern.

KAPITEL ACHT

Er

Ich fand die Informationen über die Suncoast Society Munch Group. Das nächste Kennenlernen würde in einem lokalen Restaurant stattfinden, das überraschenderweise in der gehobenen Mittelklasse angesiedelt ist. Ich druckte die Informationen aus, ging ins Wohnzimmer und kniete mich vor ihr hin.

Sie ließ mich etwa eine Minute lang dort knien, bevor sie mich bestätigte. »Ja?«

Ich reichte ihr das Papier und beobachtete ihr Gesicht, als sie es las. »Du willst gehen?«

»Ja, Herrin.«

Sie runzelte die Stirn. »Okay, ernsthaft, lass uns darüber reden. Bist du sicher

dass du das wirklich tun willst?« Ich hatte es mir überlegt.

Ich wollte es wirklich.

Ich nickte. »Es wäre nur ein Abendessen.«

»Du hast doch keine Angst, dort jemanden zu treffen, oder?«

Ich zuckte mit den Schultern. »Sie werden im selben Boot sitzen wie ich.« Ich hoffte, das klang so lässig, wie ich es beabsichtigt hatte. Ehrlich gesagt war ich nervös, aber mein Wunsch, dorthin zu gehen, war stärker als mein gesunder Menschenverstand. Wenn sie wüsste, wie nervös ich wirklich war, würde sie mir einen Strich durch die Rechnung machen.

Sie betrachtete das Papier noch ein wenig länger und nickte dann. »Okay. Du kannst unsere Reservierung machen.«

Drei Tage vor dem Munch fügte sie mehrere neue Zeilen zu meiner täglichen Liste hinzu, die ich durchlesen musste. Safeword-Protokoll. Anscheinend machte sie sich darüber mehr Sorgen als ich.

Gott, ich liebte sie dafür. Sie kümmerte sich immer so gut um mich.

Dabei trug ich sowohl mein normales Halsband als auch mein Tageshalsband. Mein Smokinghemd und meine Krawatte verdeckten mein normales Halsband weitgehend.

Sie fuhr. Sobald das Auto geparkt war, sprang ich heraus, rannte zu ihrer Tür, um sie zu öffnen, und wartete, während sie sich Zeit ließ, das Auto abzustellen und auszusteigen.

Sie lächelte und küsste mich. »Ich danke dir.« »Du musst dich nicht bedanken, He... Sweetheart.« Ich hätte es fast vermasselt. Sie hatte darauf bestanden, dass ich sie in der Öffentlichkeit nicht Herrin nannte, wenn andere dabei waren. Wir hatten uns darauf geeinigt, dass ich sie stattdessen Sweetheart nannte. Vanille und sicher genug für jede Situation.

Ich reichte ihr meinen Arm und hielt ihr die Tür des

Restaurants auf. Wir meldeten uns bei der Wirtin an und meine Frau kümmerte sich um alles, wie sie es mir aufgetragen hatte. Sie sagte der Kellnerin, dass wir zum ›Computer Club‹ gehörten.

Wir wurden in einen großen hinteren Besprechungsraum geführt. Etwa zwanzig Leute hatten sich bereits eingefunden, und wir waren zehn Minuten zu früh dran.

Ich blieb an der Seite meiner Frau, als sie die zuständige Person fand und uns mit unseren Vornamen vorstellte. Alle schienen freundlich und nett und ... nun ja, normal zu sein. Ein paar der Frauen und zwei der Männer trugen eine Art Halsband, das man wahrscheinlich als solches bezeichnen könnte, aber es war nicht auffällig. Ein paar hatten offensichtliche Tattoos und Piercings, aber im Großen und Ganzen hätte jeder dort auch wir sein können.

Wir nahmen unsere Plätze ein und ich beeilte mich, ihr den Stuhl zurechtzurücken. Neben uns saß ein weiteres Paar, eine Frau und ein Mann, und auch er hielt ihr den Stuhl fest.

Die Frau sprach mit meiner Frau und stellte sich und den Mann vor. Meine Frau kümmerte sich um die Vorstellung und nach ein paar Minuten unterhielten wir vier uns über so ziemlich alles, außer über den Elefanten, der in der Mitte des Raumes auf den Boden kackte.

Meine Frau war anscheinend an ihre Grenzen gestoßen und sagte schließlich zu der anderen Frau: »Sag mir, dass ich mich verziehen soll, wenn das hier nicht das richtige Protokoll ist, aber das ist unser erstes Munch und ich habe eine Menge Fragen ...«

Zwanzig Minuten später hatten wir zwei Männer viel mehr intime Details übereinander erfahren, als wir es in normaler, höflicher Gesellschaft je getan hätten. Und wir mussten kein einziges Wort sagen. Irgendwann sah er mich an und zuckte mit den Schultern, und ich tat dasselbe.

Zu schweigen schien für uns beide eine sichere Option zu sein.

Meine Frau stellte mir eine direkte Frage und ich wollte gerade antworten, als mein Blick auf den Türrahmen fiel. Während wir uns unterhielten, waren einige weitere Personen eingetroffen, sodass wir jetzt insgesamt etwa fünfunddreißig waren. Aber die Neuankömmlinge ...

Ach du Scheiße!

Ich kannte die Frau nicht. Ich wusste, dass Tom, der Typ im Büro neben mir nicht verheiratet war, aber darüber hinaus fand ich nicht viel über ihn heraus. Ich hatte aber das Gefühl, dass sich das gleich ändern würde.

Als er mich sah, machte er ein ebenso verblüfftes Gesicht wie ich.

Meine Frau schnippte mit den Fingern nach mir, dann erkannte sie meinen Gesichtsausdruck und folgte meinem Blick.

»Müssen wir uns unterhalten?«, fragte sie leise. Das war unser verabredeter Code.

Ich schüttelte nervös den Kopf. »Noch nicht.«

Der einzige freie Platz für zwei Personen befand sich zu diesem Zeitpunkt auf unserer anderen Seite. Mein Kollege sah aus, als wurde er auf den elektrischen Stuhl geführt.

Dann lächelte die erste Frau, die sich zu uns gesetzt hatte, und winkte der Frau bei Tom zu. »Oh, hey! Schön, dass du es geschafft hast.«

Wir drei Männer saßen schweigend da und hörten dem Gespräch zu, bis unser Essen kam.

Schließlich schlossen uns die Frauen in die Unterhaltung ein und wir machten uns alle ein bisschen locker.

Ich gebe zu, dass ich zu nervös war, um mich umzuschauen und viele der Leute dort kennenzulernen. Die meisten waren männliche Doms mit weiblichen Subs, eine weibliche Domme mit einer weiblichen Sub, ein paar andere weibliche Dommes mit männlichen Subs und dann diese drei Frauen mit uns. Ein paar Leute waren allein da, männlich und weiblich, und schienen einige der anderen Mitglieder zu kennen.

Ich muss zugeben, dass ich Spaß hatte. Als wir uns unter die anderen mischten und mit ihnen unterhielten, erfuhr ich, dass wir nicht die Einzigen waren, die ›zahmerer‹ Natur waren als die anderen. Das erleichterte mich. Ich fühlte mich etwas weniger freakig unter den Freaks.

Dann kam noch jemand herein, den ich erkannte. Tony war mit einigen anderen Freunden von uns befreundet, obwohl ich wusste, dass meine Frau ihn besser kannte als ich, weil sie mehr Zeit mit ihnen verbrachte.

Eigentlich hätte es mich nicht überraschen dürfen, ihn dort zu sehen, denn ich wusste, dass sie ihn um Rat gefragt hatte.

Er entdeckte uns und ging hinüber, schüttelte zuerst ihr die Hand und machte dann eine leichte Kopfbewegung in meine Richtung, bevor er mir die Hand reichte.

Sie nickte und mir wurde klar, dass er sie um Erlaubnis bat, mir die Hand zu geben.

»Ich dachte, du wärst beruflich in Denver?«, sagte sie.

»Bin ich auch.« Er lachte. »Ich musste für ein paar Tage nach Hause kommen, um mich um ein paar Dinge zu kümmern, dann bin ich wieder für ein paar Wochen da draußen, mindestens. Ausbau des Rechenzentrums.«

»Ah ...«

Sie unterhielten sich noch ein paar Minuten, aber da ich nicht wirklich involviert war, hielt ich mich aus dem Gespräch heraus. Er setzte sich schließlich mit ein paar anderen Leuten auf die andere Seite des Raumes und ich entspannte mich endlich.

Sie fixierte mich mit schmalem Blick. »Was ist los?« Ich schüttelte den Kopf. »Nichts.«

Ihre rechte Augenbraue hob sich langsam.

»Nichts, Herrin«, flüsterte ich. »Ich merke gerade, dass es ein ganzes Leben außerhalb von hier gibt, das die Menschen führen. Die Überschneidung verwirrt mich ein wenig. Ich bin in Ordnung.«

»Okay.«

Als wir ein paar Stunden später fertig waren, stand ich an der Seite meiner Frau, während sie sich von uns verabschiedete, und mein Blick begegnete dem von Tom.

Er nickte.

Ich nickte zurück.

Als wir uns am Montagmorgen bei einem Meeting begegneten, schenkten wir uns keine besondere Beachtung, wie an jedem anderen Tag. Aber jetzt wurde mir klar, was die ungewöhnliche Halskette bedeutete, die er immer trug. Ein kunstvoll geflochtenes Lederband mit einem kleinen Zinnschild, das ich ursprünglich für einen Anhänger gehalten hatte.

Auch zu meinem ID-Armband machte er keine Bemerkung.

KAPITEL NEUN

Sie

Mojito Mamas ... Mimosa Mamas ... Margarita Mamas.

Ich hatte keine Ahnung, dass so viele alkoholische Getränke mit M beginnen. Warum nicht die Milk Mamas oder die Metamucil Mamas?

Wenn meine Freunde so viel trinken würden, wären sie die Mylanta Mamas.

Diese Woche hatten sie sich für die Martini Mamas entschieden. Jede hatte ein Glas mit einer anderen Geschmacksvariante vor sich stehen. Ich lehnte mich zurück, nippte an meinem Eistee und beobachtete sie mit dem Auge einer Schriftstellerin. Ich fühlte mich ihnen gegenüber so unbeteiligt wie noch nie in meinem Leben. War das eine Folge meines inneren Aufruhrs oder ein natürlicher Instinkt, die Kontrolle zu behalten?

Auf gar keinen Fall würde ich jemals zugeben, was mein Mann und ich gerade taten. Ich würde ihn nicht ihrem ungebildeten Gekicher hinter seinem Rücken aussetzen. Es war mir egal, was sie von mir dachten, aber ich wollte auf keinen Fall, dass sie weniger von meinem Mann hielten.

In Wirklichkeit hatte ich nur Tony, mit dem ich über all das reden konnte, ohne mir Gedanken darüber zu machen, was er dachte, aber ich versuchte verzweifelt, mich nicht zu sehr auf ihn zu stützen. Ich wusste, dass er beschäftigt war und ein eigenes Leben hatte, aber obwohl ich langsam andere Frauen in der Gegend kennenlernte, die ›das‹ im wirklichen Leben machten, kannte ich sie nicht.

Auch wenn ich nicht eng mit Tony befreundet war, so war er doch zumindest ein sicherer Gesprächspartner. Ergibt das Sinn?

In meiner Freundesgruppe war ich immer der DD – Designated Driver, der *vorgesehene Fahrer*. Nicht, dass sie mich gefragt hätten, aber ich habe mich immer stillschweigend gemeldet und zuerst Eistee oder Kaffee oder etwas Alkoholfreies bestellt. Im Laufe der Jahre wurde das für sie zu einer Selbstverständlichkeit. Sie vertrauten darauf, dass ich sie heil zu ihren Ehemännern und Familien nach Hause bringen würde.

Ich seufzte und schaute an die Decke. Das war schon immer so gewesen. Der Einzige, mit dem ich unterwegs immer trank, war mein Mann. Und dann war er mein DD. Selbst in der Highschool war ich die ›sichere‹ Freundin, die die Eltern immer mit einem Lächeln ansahen, weil sie wussten, dass ihr Kind sicher nach Hause kommen würde. Vielleicht zu spät oder zu früh, je nachdem, wie man es sieht, aber sicher und nicht auf dem Rücksitz eines Streifenwagens. Ich war das ›gute Mädchen‹. Ich war diejenige, die meine Freunde als Tarnung für ihr verrücktes Verhalten benutzten. Ich war nicht wegen meiner herausragenden Persönlichkeit oder meiner brillanten Konversation willkommen, und schon gar nicht, weil ich reich war, denn das war ich nicht.

Sondern, weil ich die Kontrolle hatte.

Ich konnte sie unter Kontrolle halten oder zumindest davor bewahren, zu sehr außer Kontrolle zu geraten.

Wie bescheuert konnte ich sein?

Mein Blick hatte sich verlagert, als ich meine Freunde lachen und reden sah. Ich könnte jeder ihrer Ehemänner sein, der hier sitzt und darauf wartet, dass sie fertig sind, um sie nach Hause zu fahren. Wenn sie nicht gerade tranken, war ich eines der Mädchen. Obwohl ...

Wenn Emmies Mann auf Geschäftsreise war, fragte sie mich um Rat, wenn es um den Rasenmäher oder den Müllschlucker ging.

Als Janes Mann noch im Einsatz war, war ich es, die sie mitten in der Nacht anrief, als ihr Warmwasserbereiter platzte und den Hauswirtschaftsraum überflutete.

Ich wurde eines Morgens angerufen, als Susans Mann bereits zur Arbeit gegangen war und ihr Auto nicht ansprang.

Caroline schickte mir eine verzweifelte Textnachricht, als sie die Zentralheizung einschaltete und etwas ›Komisches‹ roch.

Warum sie nicht sofort den Notruf wählte, werde ich bis heute nicht verstehen, aber zum Glück war es nur ein normaler Staubgeruch, weil das Haus ein Jahr lang unbenutzt in der Hitze Floridas stand.

Ich war ihr erster Ansprechpartner.

Ich.

Nicht mein Mann. Nicht ihre eigenen männlichen Verwandten oder Nachbarn. Moi.

Ich tat so, als würde ich lächeln und nicken, als sie eine andere Geschichte für unglaublich witzig hielten, aber ehrlich gesagt hatte ich nicht das Geringste darauf geachtet. Ich war zu fassungslos.

Wenn ich für andere Leute arbeitete, war ich der natürliche Anführer, obwohl ich diese Rolle nicht wollte. Am Ende wurde ich immer zum Teamleiter ernannt, ob es mir gefiel oder nicht. Der Projektleiter, selbst wenn andere sich freiwillig meldeten und ich da saß und betete, dass der Chef mich nicht sehen würde.

Die, über die alle scherzten: »Gib's ihr, sie schafft immer alles ... Du bist immer so beschäftigt, ich weiß nicht, wie du Zeit für all das hast!«

Nun, es musste so oder so erledigt werden. Ich habe mich nie geweigert, obwohl ich es hätte tun können.

Da ist es nur natürlich, dass ich einen Ehemann bekam, der mich unbewusst in demselben Licht sah, oder?

Stark. Sicher.

Zuverlässig.

Ich hatte es auf einer zellulären Ebene so satt. Ich wollte, dass man sich um mich kümmert. Ich wollte keine Entscheidungen treffen. Ich wollte nicht die Verantwortung tragen.

Es kostete mich jedes Gramm meines Willens, nicht aufzustehen und schweigend ohne meine Freunde hinauszugehen.

Ich wollte nach Hause gehen und meinen Mann schlagen. Nicht, um ihn über das Bett zu beugen und ihm den Hintern zu versohlen, bis sein Arsch und meine Hand wie die Schale eines MacIntosh-Apfels aussahen, sondern um ihm eine Ohrfeige zu verpassen und ihn einen Bastard zu nennen, weil er mich in diese Lage gezwungen hatte.

Das war genau der Grund, warum ich mich *nicht* bewegte. Ich starrte in mein Glas mit Eistee, und als der Kellner zurückkam, nickte ich, als er mir einen Refill anbot. Meine Freunde tranken immer noch, sie würden mindestens noch eine Runde und dreißig Minuten durchhalten.

Mit diesem Gefühl konnte ich nicht nach Hause gehen. Ich musste mich beruhigen.

Ich musste die Kontrolle zurückgewinnen.

Ein Teil von mir hasste meinen Mann für meine Schuldgefühle, für meine Scham. Ich wollte nie eine Domme sein. Ich wollte eine liebende Ehefrau sein. Ich wollte einen starken, verlässlichen Ehemann.

Ich wollte das gottverdammte ›Mädchen‹ in unserer Ehe sein, nicht der ›Kerl‹.

Jetzt denke ich, dass ich verstanden habe, warum unsere BDSM-Variante die Ausnahme und nicht die Regel zu sein schien. Egal, was Tony oder meine neuen Bekannten vom Munch sagten, es schien so, als ob viele Frauen im ›Lebensstil‹ vollwertige Domina oder wie auch immer man sie bezeichnen wollte, waren und ihre Männer zu Spielzeugen machten.

Zumindest war das die Information, die ich immer wieder hörte.

Vielleicht war das der Grund dafür, dass die Frauen irgendwann genervt waren von dem, was man ihnen angetan hatte, und die Rolle mit ganzem Herzen übernahmen.

Vielleicht aber auch nicht. Ich wusste, dass einige Frauen den vollwertigen Knick wirklich genossen, aber ich gehörte nicht zu diesen Frauen.

Es war schwierig, Informationen über Männer wie meinen zu finden, die nur dienen und nicht benutzt und missbraucht werden wollten. Das lag vor allem an der Verbreitung von wirklich schlechten Pornos, die überall erhältlich waren.

Noch schwieriger war es, Informationen über Frauen

wie mich zu finden, die dieses Bedürfnis nach ihrem Mann nicht deshalb stillen wollten, weil sie die Kontrolle über ihren Mann wollten und danach lechzten, sondern weil sie ihn liebten.

Ich tat das nicht für *mich*, so viel war verdammt sicher.

Schließlich holte ich meine Freunde aus dem Restaurant und brachte sie sicher in ihre jeweiligen Wohnungen. Bevor ich das Restaurant verließ, hatte ich meinem Mann eine Nachricht geschickt und ihm meine ungefähre Rückkehrzeit mitgeteilt.

Ich hatte ihm auch gesagt, dass er auf meine Rückkehr warten sollte.

Als ich die Haustür öffnete, saß er genau so da, wie ich es ihm aufgetragen hatte: nackt, auf den Knien, die Arme hinter sich, und wartete mit einem erwartungsvollen Lächeln im Gesicht.

»Habe ich dich zufriedengestellt?«, fragte er.

Lässig ließ ich meine Handtasche auf die Couch fallen und nickte. Wie konnte ich ihm jemals zugeben, was ich vorhin gefühlt hatte?

Die Antwort ist natürlich, dass ich es nicht konnte.

Eine furchtbare Welle von Schuldgefühlen durchflutete mich. Ich wollte nicht egoistisch sein, sondern ihn glücklich machen.

Das machte ihn glücklich. »Du hast mich zufriedengestellt«, log ich.

KAPITEL ZEHN

Er

Ein Teil von mir machte sich Sorgen, dass ich eines Tages nach Hause kommen würde und sie mich aufhalten könnte, bevor ich eine Gelegenheit hätte, mich auszuziehen, und mir sagen würde, dass das Spiel vorbei war und wir wieder zu unseren Vanillegewohnheiten zurückkehren mussten.

Ich würde es tun, wenn sie mich darum bäte. Ich betete aber, dass sie es nicht tun würde.

Jeden Tag, wenn ich meine Sachen packte und nach Hause fuhr, wurde mein Schwanz immer härter. Ich wollte mich schon auf dem Weg zur Haustür ausziehen, damit ich nackt vor ihr knien konnte, sobald ich hereinkam.

Ich liebte das Gefühl ihrer Hände an meinem Hals, als sie mir sanft das Halsband umlegte, und das leise Klacken, als das Schloss einrastete.

Eine Last fiel von mir ab. Ein Gefühl der Leichtigkeit, dass ich zu Hause war, bei meiner Herrin.

Wo ich hingehörte.

Wo ich mich entspannen und den Tag vergessen konnte und mich nur auf sie konzentrieren konnte oder auf das, was sie mir erlaubte.

Ich konnte stundenlang neben ihr auf dem Boden knien, den Kopf an ihr Knie gelehnt, während sie auf der Couch saß und den Computer auf dem Schoß hatte. Ich liebte es, wenn sie ihre Finger in meinen Haaren verheddterte und ihre Hand dortbehielt, um mich zu berühren.

Mich zu besitzen. Sie wollte mich.

Vielleicht war ich gestorben und war jetzt im Himmel, denn so fühlte es sich an.

Ich nahm immer ihre Hand und küsste sie, nachdem sie mir das Halsband angelegt hatte. Sie verlangte das nicht von mir; ich hatte das Gefühl, dass ich das tun musste. Ich wollte, dass sie wusste, wie sehr ich sie dafür liebte, dass sie das tat.

Ich wusste, dass ich der größte Glückspilz der Welt war.

KAPITEL ELF

Sie

Mein erster große Zusammenbruch kam vier Monate, nachdem wir unseren neuen ›Lebensstil‹ aufgenommen hatten.

Was für ein euphemistisches Wort, das absolut bedeutungsloser Schwachsinn ist.

Ich kniete an einem Samstagmorgen im Gästebad und versuchte, die verdammte Toilette zu reparieren. Ich konnte die Zuleitung nicht lösen und schrie meinen Mann an, er solle mir eine große Rohrzange bringen. Ich hatte mehrere Minuten gebraucht, um mich in den Raum zu zwängen, und ich wollte wirklich nicht aufstehen, wenn es nicht unbedingt nötig war.

Gerade als ich aufstehen wollte, um sie selbst zu holen, hörte ich ihn in der Badezimmertür. Samstags war immer Spieltag, und er trug nichts außer seinem abschließbaren Lederhalsband.

Ich griff mit geöffneter Handfläche nach hinten und er legte mir das Werkzeug in die Hand. Einen Maulschlüssel.

Ich schluckte einen sarkastischen Kommentar und versuchte es erneut. »Nein. Das ist nicht das, was ich wollte; das ist ein Schraubenschlüssel. Ich brauche eine Rohr*zange*. Sie sieht aus wie eine normale Zange, nur dass sie größer und länger ist, und das Schaftende sieht schräg und seltsam aus.«

»Okay. Es tut mir leid.«

Er nahm den Schraubenschlüssel zurück und ich erkannte an seinem Tonfall, dass er das Gefühl hatte, mich enttäuscht zu haben.

Ein paar Minuten später kam er zurück. »Ist es das?« Ich drehte mich um und sah ihn an.

Hatte ich schon erwähnt, dass ich in dem kleinen Raum zwischen Wanne und Toilette eingeklemmt war und nicht gerade gute Laune hatte?

Er hielt eine paar Spitzzangen mit Schraubverschluss hoch. Sie sahen nicht wie eine Rohrzange aus.

Ich schloss die Augen und versuchte, bis zehn zu zählen, aber ich kam nicht über fünf hinaus.

»Vergiss es«, flüsterte ich und zwängte mich aus dem winzigen Raum zwischen der verdammten Wanne und der Toilette.

»Nein, Schatz, ich ...«

»Vergiss. Es.« Ich wusste, dass ich es geknurrt hatte, weil er zusammenzuckte.

Ich schlug auch seine Hände weg, als er versuchte, nach mir zu greifen, um mir aufzuhelfen.

Als ich wieder auf den Beinen war, riss ich ihm die Spitzzangen aus der Hand und stapfte in die Garage. Dort entdeckte ich die Rohrzange auf der Werkbank neben der Werkzeugtasche – er musste sie aus der Tasche genommen haben, um sie dorthin zu legen, also hatte er das verdammte Ding in der Hand gehabt – und warf die Spitzzangen in die

Tasche, ohne mich darum zu kümmern, wohin sie verschwanden.

Er hatte begonnen, mir zu folgen und wich mir aus, als ich an ihm vorbei durch das Wohnzimmer und den Flur stürmte.

»Schatz, es tut mir leid.«

Ich drehte mich zu ihm um. Ich musste flüstern, denn wenn ich noch lauter sprechen würde, würde ich schreien. »Nein, nicht. Geh mir ... verdammt noch mal ... aus dem Weg.«

Er wurde rot. Ich fühlte mich beschissen und war gleichzeitig froh, dass ich seine Gefühle verletzt hatte. Das war nicht seine Schuld, nicht wirklich. Ich dachte, ich könnte damit umgehen.

Vor allem dachte ich, ich könnte es schaffen. Ich habe mich geirrt.

Ich sprach nicht mit ihm, schaute nicht zur Badezimmertür, obwohl ich seine Anwesenheit spürte, als er dastand und zusah, während ich den Tank auswechselte.

Irgendwie machte mich das noch wütender.

Zwanzig Minuten später war alles wieder zusammen und das Wasser lief. Keine Lecks.

Ich ließ alle Werkzeuge und alten Teile auf dem Badezimmerboden liegen, wusch mir die Hände und schob mich an ihm vorbei.

»Räum das auf.« Er stürzte sich darauf. Ich wollte heulen.

Er räumte auf, während ich schnell ein paar Sachen in eine Reisetasche warf. Er war immer noch in der Garage und räumte mein Werkzeug weg, als ich mit Tasche, Portemonnaie und Handy in der Hand zur Haustür hinausging. Mein Laptop lag in seiner Tasche auf der Couch, also schnappte ich ihn mir auch, als ich daran vorbeikam.

Ich hatte eine Idee, wo ich hinwollte.

Eine verrückte Idee, aber ich musste eine gewisse Distanz zwischen mich und ihn bringen. Ich musste für eine Weile woanders hingehen und nachdenken.

Ehrlich gesagt dachte ich, ich würde mich beruhigen, bevor ich Tampa International erreichte, aber das tat ich nicht.

Als der Kapitän die Landung in Denver ankündigte, schnallte ich mich an und fragte mich, wie viele Nachrichten ich auf meinem Handy haben würde, wenn ich es einschaltete. Es war acht Stunden später, und mein Mann musste sich Sorgen machen.

Ich hatte meine kleine Reisetasche eingecheckt. Als ich an der Gepäckausgabe darauf wartete, schaltete ich mein Handy ein.

Zehn Nachrichten.

Jede klang besorgter als die andere. Die letzte, drei Stunden zuvor, brach mir fast das Herz. Am liebsten wäre ich auf die Knie gesunken und hätte geweint.

»Bitte ruf mich an. Es tut mir leid, dass ich dich enttäuscht habe, Schatz. Ich will es besser machen, ich verspreche, dass ich mich mehr anstrengen werde. Ich liebe dich.«

Verzweifelt. Flehend.

Ich saß in meinem Mietwagen und versuchte, über meinen nächsten Schritt nachzudenken. Ich wusste nicht, ob Tony jetzt auf der Arbeit sein würde oder nicht. Ich erinnerte mich daran, dass er gesagt hatte, er müsse für ein paar Wochen hier sein.

Bei meinem Glück wäre er bereits nach Florida zurückgekehrt. Ich öffnete meine Nachrichten-App auf meinem Handy und loggte mich ein.

Er war da.

. . .

Hallo du. Ich muss mit dir reden. Bitte?

Er antwortete nach einem Moment, und ich merkte erst jetzt, dass ich den Atem anhielt.

Was ist denn los?

Ich meine, ich muss mit dir reden. Können wir uns bitte irgendwo treffen?

Es gab eine lange Pause, bevor er antwortete.

Du bist in Denver?

Jetzt kam ich mir wie ein Idiot vor, vielleicht war es nicht das Klügste, was ich je getan hatte, aber ich war hier.

Ja, ich war hier. Am Flughafen.

Er antwortete fast sofort.

Was ist passiert? Wie ist deine Handynummer?

. . .

ICH TEXTETE IHM MEINE NUMMER – ehrlich gesagt benutzen die meisten unserer Freunde eine Nachrichten-App und ich hatte nicht daran gedacht, mir seine Telefonnummer zu besorgen – und Sekunden später klingelte mein Telefon mit einer mir unbekannten Nummer und einer Vorwahl aus meiner Heimat.

Seine tiefe, sanfte, wohltuende Stimme beruhigte mich fast sofort. »Was ist passiert?«

Ich brach schluchzend zusammen und hasste mich dafür, dass ich das tat, dass ich mich jemandem aufdrängte, den ich eigentlich gar nicht so gut kannte, und vor meiner Verantwortung davonlief.

Ich bekam die ganze Geschichte nie heraus. Ich war zu sehr mit Weinen beschäftigt. Als er mich beruhigt hatte, gab er mir eine Wegbeschreibung. Ich kramte einen Notizblock aus meiner Laptoptasche und schrieb sie auf.

»Ich werde so schnell wie möglich da sein«, versprach er. »Ich muss noch ein paar Dinge erledigen, und du wirst wahrscheinlich mindestens zwanzig Minuten vor mir ankommen. Nimm dir einfach einen Tisch und hinterlasse deinen Namen bei der Wirtin.«

»Danke, Tony«, bot ich an.

»Schon gut«, sagte er beruhigend. »Wir sprechen uns gleich.«

Ich fand das Restaurant ohne Probleme. Auf der anderen Straßenseite befand sich ein anständiges Hotel, also hatte ich es am späten Abend wenigstens nicht weit.

Ich saß dort und trank einen Rum Cola, als ich bemerkte, dass er hereinkam und mich zunächst nicht sah. Er hatte dunkelbraunes Haar und trug eine Khaki-Hose und ein Chambray-Hemd. Er sprach mit der Wirtin, die ihn auf mich aufmerksam machte.

Aus irgendeinem Grund kam er mir heute Abend ... anders vor.

Vielleicht lag es daran, dass ich wusste, wer und was er war. Vielleicht lag es an meinen Nerven.

Vielleicht lag es auch an meinem zweiten Rum Cola.

Aber ich spürte es. Die sichere Gewissheit. Kein Auftrumpfen, kein Stolzieren. Nur eine ruhige Selbstsicherheit, die er wie einen Mantel trug. Er hätte Computerprogrammierer oder Grafiker oder sogar Anwalt sein können.

Ich musste verdammt gut aussehen und wünschte mir, ich hätte wenigstens geduscht, bevor ich von zu Hause weggelaufen war.

Er blieb mir gegenüber stehen und lächelte, freundlich und sanft, besorgt. Ich wollte in diesem Moment in Tränen ausbrechen.

»Geht es dir gut?« Ich nickte.

Er ging zu mir, lehnte sich zu mir und umarmte mich. »Es ist alles gut«, flüsterte er mir ins Ohr. »Du verlierst nicht den Verstand.«

Er nahm mir gegenüber Platz, während ich bitterlich lachte. »Fühlt sich verdammt noch mal so an.«

Die Kellnerin kam herüber und nahm seine Getränkebestellung auf. Mir fiel auf, dass er einen Kaffee bestellte.

Als wir wieder allein waren, griff er über den Tisch und legte seine Hand auf meine, die er sanft drückte. »Was brauchst du von mir?«

Ich wusste es nicht. Um ehrlich zu sein, hatte ich nicht so weit vorausgedacht. Ich wusste nur, dass ich eine Weile wegmusste, um meinen Kopf wieder klar zu bekommen, bevor ich etwas tat und meinen Mann verletzte, im wahrsten Sinne des Wortes oder im übertragenen Sinne.

Als ich aufblickte, bemerkte ich, dass seine Augen einen unglaublich tiefen Grünton hatten. Zusammen mit seiner ruhigen Kraft wirkte das beeindruckend auf mich. Er wartete auf meine Antwort.

»Sag mir, wie ich meinen Kopf wieder aufrichten kann.«

Er lächelte voller Freundlichkeit. »Warum fängst du nicht ganz von vorn an?«, schlug er vor. »Was ist passiert? Ich will ehrlich sein: Du bist zwar nicht die letzte Person, von der ich dachte, dass ich heute Abend mit ihr zu Abend essen würde, aber auf der Top-100-Liste warst du ganz sicher nicht. Der Papst und der Präsident haben dich geschlagen.«

Er lächelte wieder und ich musste lachen.

Ich holte tief Luft und fing von vorn an. Die Kellnerin unterbrach mich wegen unserer Essensbestellung. Ich hatte zwar keinen Hunger, aber ich wusste, wenn ich nicht etwas essen würde, müsste Tony mich zum Check-in ins Hotel auf der anderen Straßenseite tragen. Ich bestellte Fettuccini Alfredo, in der Hoffnung, dass sie das Gericht nicht vermasseln würden, und in der Annahme, dass es leicht zu verdauen war.

Er hörte mir zu, ohne mich zu unterbrechen. Als ich fertig war und unser Essen kam, musterte er mich kurz, bevor er sprach.

»Du musst das nicht tun, weißt du. Du kannst dich mit ihm hinsetzen und ihm sagen, dass du willst, dass alles wieder so wird, wie es war.«

Ich schüttelte den Kopf. »Du siehst nicht den Blick in seinen Augen, wenn wir spielen. Es ist, als ob er ein neuer Mensch wäre. Ich kann ihm das nicht wegnehmen. Er genießt es so sehr.«

»Aber *du* hast keinen Spaß.« Er schaute mich an. »Oder?«

Ich dachte darüber nach. ›Manchmal‹, gab ich zu. Ich dachte noch länger darüber nach, als Tony nicht antwortete.

»Ich genieße es, dass er es genießt. Ich mag es, dass ich ihm dieses Gefühl geben kann.«

»Das ist ein starkes Gefühl, nicht wahr?«, fragte er leise. Ich nickte.

»Jemandem solche Gefühle zu vermitteln«, sagte er mit leiser, aber dennoch fester Stimme, »ist sehr gewaltig. Jemandem seine Wünsche zu erfüllen, ihm die Gefühle zu schenken, die er erleben möchte, seine Träume wahr werden zu lassen.«

Ich schnaubte. »Verdammte gute Fee.«

Er lachte, ein leises, warmes Geräusch, das etwas in mir aufwühlte, von dem ich wusste, dass es in mir schlummern sollte.

Er trug keinen Ehering, und dummerweise wurde mir zum ersten Mal bewusst, dass ich durch das halbe Land geflogen war, um einen Mann kennenzulernen, der zwar kein völlig Fremder, aber auch nicht viel mehr als ein Bekannter war, und das niemand außer der Fluggesellschaft, meiner Kreditkartenfirma und der Autovermietung wusste, wohin ich gefahren war.

Er bewies wieder einmal, warum er der erfahrenere Dom war und musterte mich. »Du bist doch nicht den ganzen Weg hierhergekommen, um nach einem Spielabend mit mir zu fragen.« Das war eine Feststellung, keine Frage.

Ich schüttelte den Kopf.

»Das habe ich auch nicht gedacht. Ich bin froh, das zu hören, denn ehrlich gesagt, hätte ich dir das jetzt sowieso nicht geben können. Nicht unter diesen Umständen.«

Ich atmete erleichtert auf, und er lächelte wieder.

»Du bist in Sicherheit. Obwohl ich mich besser fühlen würde, wenn du mir erlauben würdest, dich sicher zu deinem Hotel zu bringen. «

Ich lachte und hatte das Gefühl, dass der Rum mich

beflügelte. Nein, ich würde in absehbarer Zeit nirgendwo hinfahren.

Ich hatte mein Handy auf lautlos gestellt und schaute es nach der Hälfte des Essens an. Das Restaurant war vierundzwanzig Stunden geöffnet und es war jetzt nach zehn Uhr Ortszeit.

Saß mein Mann mit dem Telefon in der Hand auf der Couch und betete, dass ich anrufen würde? Wartete er auf dem Bett auf mich und hoffte, dass ich jeden Moment zur Tür hereinkäme?

War er eingeschlafen?

Ich zuckte erschrocken zusammen, als mein Telefon wieder aufleuchtete. Frage beantwortet.

Ich muss wohl einen komischen Gesichtsausdruck gehabt haben, denn Tony hielt mir schweigend die Hand hin und ich reichte ihm das Telefon. Er stand auf und nahm ab, während er vom Tisch weg und zur Haustür hinausging.

Es waren die längsten zwanzig Minuten meines Lebens. Ich war froh, dass Tony wenigstens seine Mahlzeit beendet hatte, damit sie nicht kalt wurde.

Tony kam zurück und reichte mir das Telefon.

Ich wusste nicht, was oder wie ich fragen sollte, also tat ich es nicht. »Er macht sich Sorgen«, sagte er schließlich.

»Das habe ich mir schon gedacht.«

Er lehnte sich in seinem Stuhl zurück. »Willst du nicht wissen, was ich ihm gesagt habe?«

Unfähig, seinem schweren Blick zu begegnen, schaute ich auf mein Handy und zuckte mit den Schultern.

Er lehnte sich nach vorn, damit niemand seine Stimme hören konnte. »Ich bin nicht dein Dom«, flüsterte er. »Das kann ich nicht für dich sein. Zumindest nicht auf diese Weise. Nicht unter diesen Umständen. Es müssten erst *viele*

Gespräche geführt werden, an denen auch dein Mann teil-
nehmen müsste.«

»Das will ich auch nicht von dir. Ich brauche nur ...«
Was? Was brauchte ich denn?

Tony half mir. »Erdung?«

Ich nickte. Das Wort war so gut wie jedes andere.

Ich holte tief Luft und sah ihm wieder in die Augen. »Ich
muss lernen, meinen Mann nicht zu verletzen, auch wenn
ich es wirklich will.«

»Ich dachte, du stehst nicht auf Schmerzspiele.« »Tue ich
nicht«, flüsterte ich.

Er nickte langsam und verstand. »Du hast Angst, dass du
die Kontrolle verlierst.«

»Ich wollte ihn verdammt noch mal schlagen. Ich wollte
ihn auf den Boden beordern und ihm die Scheiße aus dem
Leib prügeln.« Tränen kullerten leise über meine Wangen
und ich wischte sie weg. Ich war so verdammt wütend. Ich
meine, verdammt noch mal, wegen einer verdammten
Rohrzange! Als ich meine Tirade beendet hatte, zischte ich,
lehnte mich zurück und atmete tief durch. »Ist es zu viel
verlangt, einen Mann zu haben, der eine Rohrzange von
einem Schraubenzieher unterscheiden kann? Die meisten
Frauen können nicht einmal einen Schraubenschlüssel von
einer Zange unterscheiden, und ich muss es meinem Mann
beibringen!«

»Aber du hast es ihm nicht beigebracht.«

Mein Kiefer klappte auf und dann wieder zu.

Tonys Blick brannte sich in mich hinein und mir wurde
klar, wie recht er hatte. Ich hatte es ihm nicht beigebracht.

Das hatte ich nie.

»Du weißt diese Dinge«, erklärte er geduldig. »Aber du
kannst nicht erwarten, dass er etwas weiß, was man ihm
nicht beigebracht hat.«

Noch mehr verdammte Schuldgefühle.

Er hatte absolut recht.

Ich spürte, wie mir wieder die Tränen kamen, ganz nah an der Oberfläche. Ich wollte wirklich nicht schluchzend in einem fremden Restaurant vor einem fremden Mann in einer fremden Stadt, zweitausend Meilen von zu Hause entfernt, zusammenbrechen.

Er griff wieder über den Tisch und ergriff meine Hand. »Ich habe ihm gesagt, wer ich bin und dass du in Sicherheit bist und dass du ihn morgen früh anrufst. Ich habe mir auch erlaubt, ihm zu sagen, dass er nichts Falsches getan hat und dass du ihm Anweisungen geben wirst, wenn du ihn anrufst, aber dass er schlafen gehen soll und dass du willst, dass er morgen seinen Tag wie gewohnt durchzieht, bis er von dir hört.«

Ich nickte. Und wie ich meinen Mann kannte, würde er genau das tun. Er war ein guter Sub.

Unterm Strich fühlte ich mich wütend, schuldig, gedemütigt und um das betrogen, was andere Frauen hatten. Und noch dazu schuldig, weil ich all diese Dinge fühlte.

Aber was hatten sie? Ehemänner, die sie betrogen oder die zu sehr mit ihrer Arbeit beschäftigt waren, um sich um sie zu kümmern? Ehemänner, die alles Mögliche konnten, sich aber einen Dreck um ihren Tag kümmerten?

Wir unterhielten uns noch eine Stunde lang und ich fühlte mich schuldig, dass ich Tony aus seinem Leben gerissen hatte, obwohl er mir das Gegenteil versicherte. Inzwischen war es fast Mitternacht und mein Rum-Rausch gehörte der Vergangenheit an. Trotzdem bestand er darauf, mich über die Straße zum Hotel zu fahren. Er wartete, bis ich sicher eingecheckt hatte, und wir verabredeten uns für den nächsten Tag zu einem späten Brunch unten im Hotelrestaurant.

Ich nahm eine lange, heiße Dusche, und weil ich keine Schlafsachen mitgebracht hatte, kroch ich nackt ins Bett, während im Fernseher ein Finanznachrichtensender lief, der alle anderen Geräusche übertönte. Ich war völlig erschöpft und konnte trotzdem nicht schlafen. Die verletzten Augen meines Mannes verfolgten mich.

Meine Schuldgefühle, dass ein völlig Fremder ihm sagen musste, wo ich war.

Was dachte er nur? Hatte er angenommen, ich sei hierhergeflogen, um mit Tony zu schlafen?

Noch mehr Schuldgefühle.

Ich hatte kein Geheimnis daraus gemacht, dass ich mit Tony gesprochen hatte. Mein Mann hatte ihn sogar schon ein paar Mal kennengelernt. Irgendwoher musste ich ja meine Informationen bekommen, und ich dachte mir, wenn wir das zusammen durchziehen, gibt es keinen Grund zu verbergen, was ich tue. Es gab gar nichts zu verbergen.

Das Gespräch musste mehr beinhalten als das, was Tony mir erzählte. Zwanzig Minuten waren eine lange Zeit, um zu sagen, was er mir erzählt hatte.

Ich würde ihn morgen früh fragen müssen.

KAPITEL ZWÖLF

Er

Ich starrte auf mein Telefon und betete, dass sie anrufen würde, und hoffte, dass ich sie nicht noch mehr verärgert hatte, weil ich so oft angerufen hatte.

Weinen war das Letzte, was ich tun wollte.

Aber ich tat es trotzdem. Ich dachte an die Stimme des Mannes, wie stark sie im Vergleich zu meiner jetzt klingen musste.

Der fremde Mann, der an das Telefon meiner Frau gegangen war.

Ein Mann, der mir vage bekannt vorkam, dessen Identität ich aber erst erkannte, als mich ein Schauer der Angst durchfuhr.

Oh Gott, bitte lass sie zu mir zurückkommen!

KAPITEL DREIZEHN

Sie

Ich fühlte mich am nächsten Morgen beschissen. Ich starrte mein Gesicht im Spiegel über dem Waschbecken an.

Geschwollene, rote Augen und pochende Kopfschmerzen.

Im kalten Licht des Morgens, in einem Hotelzimmer in einer fremden Stadt, konnte ich nicht glauben, dass ich das getan hatte. Ich duschte, setzte mich aufs Bett und starrte auf mein Handy.

Ich wählte.

Er antwortete sofort. »Hi.«

Ich schluckte schwer und schloss meine Augen. »Mir geht's gut.« »Es tut mir so leid, Babe, bitte, was immer du willst ...«

»*Pssst.* Ist ja gut.« Ich holte tief Luft. »Ich bin morgen Abend zu Hause. Ich musste ...« Ich brauchte einen Moment. »Ich musste einfach nachdenken.«

Einen Moment lang dachte ich, er hätte aufgelegt, als er

schließlich antwortete: »Okay«. Seine Stimme klang sanft und verletzt.

Sie zerriss mich.

»Ich liebe dich. Ich meine es ernst, du hast nichts falsch gemacht.«

»Ich liebe dich auch. Ich verspreche dir, ich werde mich mehr anstrengen.« Er klang verzweifelt, fast panisch.

»Nein, du gibst dir schon genug Mühe. Ich bin diejenige, die sich mehr anstrengen muss. Ich muss einen Schritt zurücktreten und mir über die Dinge klar werden. Das ist alles.«

Er klang so traurig, aber ich wusste, dass er es nie zugeben würde, selbst wenn ich ihn fragte. »Was soll ich tun, bis du nach Hause kommst?«

Ich zwang mich, einen ruhigen, gleichmäßigen Tonfall beizubehalten. »Ich möchte, dass du morgen zur Arbeit gehst, wie du es sonst auch tust. Wir sehen uns dann, wenn ich morgen Abend nach Hause komme. Ich sollte so gegen halb acht zurück sein, vielleicht auch acht. Wenn es später wird, werde ich versuchen, dich anzurufen.«

»Okay.«

Keine Fragen, keine Vorwürfe, keine Anschuldigungen. Ich willigte ein.

»Ich liebe dich«, sagte ich wieder. »Pass auf dich auf.«

»Ich vermisse dich.«

In diesem Moment wäre ich fast ausgerastet. »Ich vermisse dich auch. Jetzt lass mich Schluss machen, bevor mein Akku leer ist. Ich habe mein Ladegerät nicht dabei.« Ich legte auf, bevor er mich schluchzen hören konnte.

Ich raffte mich wieder auf, bevor ich Tony unten im Restaurant traf. Er neigte den Kopf und beobachtete mich von der anderen Seite des Tisches.

»Fühlst du dich heute Morgen etwas besser?« Ich schüttelte den Kopf. »Schlechter.«

Wir saßen allein an einem Ecktisch. Er verschränkte die Hände und lehnte sich dicht an mich heran, seine Stimme war leise. »Ich werde dich jetzt etwas fragen und ich möchte, dass du das Erste sagst, was dir einfällt, okay?«

Ich nickte.

Er richtete seine grünen Augen mit vollem Nachdruck auf mich. »Wenn du deinen Mann *eine* Sache tun lassen könntest, was wäre das?«

Ohne zu zögern, antwortete ich: »Er soll die Kontrolle übernehmen und mich durchficken.«

Tony lächelte. »Dann *sag* ihm, er soll das tun.« »Wie soll er das denn machen?«

Eine Augenbraue glitt nach oben. »Ich dachte, du hättest Kinder. Du weißt nicht, wie sie zu uns kommen?«

Ich lachte. »Ich meine, wenn er den Sub spielt, wie soll er dann das Kommando übernehmen?«

Er warf mir einen Blick zu und ich ahnte, dass ich eine Lektion erhalten würde. »Zieht ein General ins Feld und kämpft jede Schlacht persönlich?«

Ich war mir nicht sicher, worauf er hinauswollte, aber ich folgte ihm. »Nein.«

»Rufen Feldkommandeure ihre Generäle alle fünf Minuten an und bitten um neue Befehle?«

Ich runzelte die Stirn. »Das denke ich nicht.« »Was macht ein General?«

Ich zuckte mit den Schultern. »Da bin ich überfragt.«

Er lächelte. »Ein General gibt einen Befehl. Hat ein General immer das Kommando über einen niedrigeren Offizier?«

»Ist das unser Yoda-Moment?« »Beantworte die Frage.«

Ich nickte. »Ja, ich glaube schon. Ich meine, ich denke schon.«

»Okay. Aber die Feldkommandeure treffen doch die Entscheidungen, die sie treffen, oder?«

Ich zuckte wieder mit den Schultern. »Ich denke, ja.«

Er lehnte sich zurück. »Sagst du deinem Mann manchmal, dass er Essen machen soll?« »Ja, das macht er ständig.«

»Stehst du über ihm und sagst ihm, wie er jede Kleinigkeit zu machen hat?«

Ich schnaubte. »Nein. Das wäre zu mühsam. Dann würde ich es selbst tun.«

»Du gibst ihm einen zielgerichteten Befehl und sagst ihm, er soll ihn ausführen, richtig?«

Ich nickte und begann zu verstehen, was er meinte. »Und macht er es?«

»Ja.«

»Aber nur weil er dabei Entscheidungen trifft, ist er nicht weniger dein Sub.«

»Genau.«

»Du sagst ihm also, dass du das brauchst. Er kann dir dienen, indem er es tut. Du bekommst das Beste aus beiden Welten.«

Ich schloss meine Augen und fühlte mich wie ein Vollidiot. Es war eines dieser Dinge, die so einfach und klar waren, dass ich es total übersehen hatte, *weil* es so einfach war.

»Ich denke, du hast gerade die Verbindung gefunden«, bemerkte er.

»Ja, das habe ich. Ich kann ihm also befehlen, das Sagen zu haben, und er ist trotzdem mein Sub, wenn er das Sagen hat?«

»Das ist eine der kleinen Ironien, die den Lebensstil so interessant machen. Du kannst deinen Kuchen haben und ihn auch noch essen.«

Ich brauchte eine Sekunde, um zu begreifen, was er gesagt hatte. Dann lachte ich. »Die Leute vergessen, dass der Sub Grenzen setzt, ganz klar. Aber in einer gesunden D/S-Beziehung geht es nicht darum, dass der Sub immer seinen Willen bekommt und der Dominante tut, was der Unterwürfige will. Es muss Kompromisse geben. Dein Mann darf nicht nur die Dinge tun, die er will. Das ist selbstsüchtig und ungesund. Wenn es ihm wirklich ernst damit ist, dein Sklave zu sein, dann muss er innerhalb der harten Grenzen, die ihr beide vereinbart habt, auch die Dinge tun, die du von ihm willst.«

Ich nickte langsam. »So habe ich das noch nie betrachtet.«

Er zuckte mit den Schultern. »Viele Leute tun das nicht. Dich zu zwingen, nur das zu tun, was er will, ist genauso ungesund wie ein Dominanter, der seine Untergebene immer dazu zwingt, das zu tun, was er will, ohne Rücksicht auf die Wünsche und Bedürfnisse der Untergebenen zu nehmen. Es gibt einige Arschloch-Doms, die nur das tun, was sie wollen. Gibt es auch unterwürfige Menschen, die das nicht akzeptieren? Ja, natürlich. Genauso wie es einige Dominante gibt, die sich daran aufgeilen, jeden Wunsch ihres Untergebenen zu erfüllen. Sie befinden sich an den entgegengesetzten Enden der Glockenkurve.

Die durchschnittliche gesunde D/S-Dynamik bewegt sich in diesem mittleren Bereich, in dem beide Partner das bekommen, was sie brauchen. Andernfalls kann sie nicht aufrechterhalten werden, weil einer von beiden irgendwann ausbrennt und der Missmut die Dynamik zerstört. Ich habe das schon unzählige Male erlebt. Deshalb habe ich dir –

und allen anderen Neulingen – immer wieder gesagt, dass du langsam anfangen musst. Das hört sich nicht sexy an, und manche behaupten, dass man es falsch macht, aber die Beziehungen, die am längsten halten, sind diejenigen, bei denen man sich die Zeit nimmt, ein solides Fundament aufzubauen.«

Er hatte natürlich recht.

Wir brunchten gut. Wir redeten nicht nur darüber, obwohl er mich meine Gedanken aussprechen ließ und mir seine Meinung mitteilte. Er sagte mir nie, dass ich dieses oder jenes tun müsse.

Das war eigentlich sehr beruhigend. Tony gab sich große Mühe, mich mehrmals daran zu erinnern, dass es keinen ›einzig wahren Weg‹ gab, um ... *dies* zu tun.

Dass der einzig ›richtige‹ Weg für uns der war, der für uns beide funktionierte, um unsere Bedürfnisse zu befriedigen.

Bevor wir unser Gespräch vier Stunden später beendeten, sah er mich an. »Hast du noch Fragen?«

»Wie soll ich nach Hause gehen und erklären, warum ich das getan habe?«

Er zuckte mit den Schultern. »Du bist seine Herrin. Du musst ihm nichts sagen, wenn du nicht willst.«

»Ich bin auch seine Frau. Bin ich ihm nicht eine Erklärung schuldig?« »Bist du das? Warum denn?«

»Weil ich ihn liebe.«

»Zeig ihm, dass du ihn liebst. Sei ehrlich, erleichtere die Kommunikation, aber du kannst nicht einfach dasitzen und dir Gedanken über etwas machen, das noch nicht passiert ist. Sei einfach ehrlich zu ihm. Vielleicht wird er dich überraschen.«

. . .

TONY MUSSTE am nächsten Tag arbeiten, also hatte ich keine Zeit mehr, mich persönlich zu verabschieden, bevor ich ging. Wie durch ein Wunder hatte ich auf dem Rückflug nach Hause keinen Sitznachbarn. Ich starrte aus dem Fenster auf die fremde Landschaft, die in Tausenden von Metern Entfernung unter uns vorbeizog.

Wie würde mein Mann mich begrüßen?

Ich war mir immer noch nicht sicher, wie mein nächster Schritt aussehen würde. Sollte ich erwägen, dieses ›Spiel‹ ein für alle Mal zu beenden?

Ich verabscheute mich selbst. Ich hasste es, dass ich ihn emotional verletzen konnte, und sei es auch noch so unbedeutend, wie ich es tat. Ich wollte diese Macht nicht haben.

Ich fürchtete mich vor ihr.

Die Sonne tauchte gerade in den Golf von Mexiko ein, als unser Flugzeug über der Tampa Bay aufsetzte und von Süden her auf dem Tampa International Airport landete. Eine Stunde später saß ich in meinem Auto und grübelte über meinen nächsten Schritt nach.

Was würde mich erwarten?

Ich gab meinem Mann keine ›Anweisungen‹, als ich ihm die ungefähre Zeit meiner Rückkehr mitteilte. Würde er zu Hause sein? Würde er fernsehen oder arbeiten?

Würde er nackt dasitzen und nur sein Halsband tragen? Würde er überhaupt da sein?

Ich persönlich hatte das Gefühl und die Befürchtung, dass ich das Letzte verdiente.

Ja, er hatte um diesen Lebensstil gebeten. Ich versuchte es, aber ich konnte nicht leugnen, dass ich Bedürfnisse hatte, denen dieses Spiel völlig zuwiderlief. Ich brauchte ihn, seine Stärke. Ich brauchte seine Unterstützung.

Konnte ich unter einen Hut bringen, was ich brauchte,

und ihm trotzdem geben, wonach er sich sehnte? Das war die ... längste ... verdammte ... Reise meines Lebens.

Punkt.

Ich saß einen Moment lang in der Einfahrt. Sein Auto war da. Die Lichter im Inneren waren an.

Mit einem tiefen, nervösen Atemzug packte ich meine Sachen zusammen, schloss mein Auto ab und stieg ein.

Als Erstes schlug mir der Geruch entgegen, der wie eine üppige Wolke aus der Tür strömte. Er hatte gekocht. Wenn man bedenkt, dass meine letzte Mahlzeit ein Bagel aus der kontinentalen Frühstücksbar des Hotels war, war es keine Übertreibung zu sagen, dass mir das Wasser im Mund zusammenlief.

Die Lampe im Wohnzimmer war an, aber der Rest der Küche und des Esszimmers war in Kerzenlicht getaucht.

Ich war wie betäubt und konnte mich nicht bewegen. Ich nahm vage wahr, dass aus der Stereoanlage eine sanfte Jazzmusik lief. Ich hatte mir schon viele Heimkehrer vorgestellt, aber so etwas noch nie.

Er steckte seinen Kopf aus der Küche und rannte auf mich zu. Nackt.

Na ja, bis auf sein Halsband.

Er schlang seine Arme um mich und ich hatte kaum Zeit, meine Sachen abzustellen, bevor er mich in seine Arme schloss und sein Gesicht in meinen Haaren vergrub.

»Es tut mir leid. Es tut mir so leid«, wiederholte er immer wieder. Ich glaube, dadurch habe ich mich noch schlechter gefühlt.

Ich ließ zu, dass er mich festhielt, umarmte ihn, schloss die Augen und versuchte, den Moment zu genießen. Offensichtlich war er nicht sauer, weil ich plötzlich abgehauen war.

Und wenn doch, würde er es nicht an mir auslassen, auch wenn ich das Gefühl hatte, dass ich es verdiente.

»Du hast nichts falsch gemacht«, flüsterte ich. Und natürlich hatte er das nicht.

Wir erreichten die Couch und als er sich vor mir auf die Tür setzen wollte, weigerte ich mich, ihn loszulassen, bis er neben mir auf den Kissen saß und seinen Arm um mich legte.

Ich konnte ihm nicht in die Augen sehen. »Wir müssen reden«, brachte ich heraus. Er küsste mich auf die Stirn. »Okay.«

Ich hatte dieses Gespräch den ganzen Tag geplant, aber irgendwie fehlten mir die Worte. Jeder Satz, den ich auswendig gelernt hatte, ging mir durch die Lappen.

»Was hat Tony am Telefon zu dir gesagt?«, fragte ich.

Ich spürte, wie sich sein Körper ein wenig anspannte. »Er hat mir gesagt, dass deine Reaktion normal ist und dass du ein bisschen Zeit brauchst, um über alles nachzudenken.«

»Was noch?«

Ich spürte, wie er mit den Schultern zuckte.

»Ich habe nicht mit ihm geschlafen. Das ist *nicht* der Grund, warum ich da hingegangen bin. Ich habe diese Art von Beziehung nicht mit ihm und ich will das auch nicht. Er ist nur ein Freund und ...« Ich dachte darüber nach. »Ich brauche einen Mentor und ich denke, das ist er auch. Aber ich habe keine anderen Absichten, als mit ihm befreundet zu sein.«

Sein Körper wurde locker, als fiele die Anspannung von ihm ab.

Ich setzte mich auf und zwang mich, ihm in die Augen zu schauen. »Das würde ich nie tun. Ich will niemanden außer dir. Aber er hat Recht. Ich brauchte Zeit zum Nachdenken. Ich brauchte ungestörte Zeit, um mit jemandem von Angesicht zu Angesicht darüber zu reden, der mich nicht ansieht, als wäre ich ein Freak.«

Seine Augen weiteten sich. »Es tut mir leid, Schatz. Ich wollte nicht, dass du dich so fühlst ...«

Ich schüttelte den Kopf und unterbrach ihn. »Das hast du nicht. Du hast nichts falsch gemacht. Es geht hier um mich.«

Jetzt kamen die Worte, die ich zu Tony gesagt hatte, sein Rat an mich. »Ich muss besser darin werden, um das zu bitten, was ich von dir brauche. Ich war nicht gerade gut darin, deine Domme zu sein.«

»Schatz, du warst großartig. Es tut mir leid, dass ich dich in diese Lage gebracht habe.« Er schaute auf unsere Hände, wo er seine Finger in meine verschränkt hatte. »Wir können aufhören, wenn du willst. Ich verstehe das.«

»Nein.« Ich holte tief Luft. »Das ist nicht das, was ich will. Du genießt das hier. Und ich genieße es, dir dieses Gefühl zu geben. Aber es wird auch Zeiten geben, in denen ich dich brauche, um Dinge für mich zu tun.«

Seine hoffnungsvollen Augen trafen meine und er nickte eifrig. »Was immer du willst, du musst nur fragen.«

»Ich muss besser darin werden, dir zu sagen, was ich will, dich zu unterrichten. Das ist mir vorher nicht klar gewesen. Ich habe wohl angenommen, dass du, seit wir das hier spielen und du mich darum gebeten hast, weißt, was du willst und was ich will.« Ich habe die Frage gestellt. »Was willst *du* von mir?«

Sein Mund öffnete sich, dann schloss er sich wieder.

Dadurch fühlte ich mich tatsächlich besser, denn er war genauso verloren wie ich. Er schüttelte den Kopf. »Ich will Spaß haben.«

»Okay, das ist ein Anfang. Warum willst du mein Sub sein?«

Er schürzte seine Lippen. Es fiel mir schwer, mich zu konzentrieren, während mich der Geruch von Rindfleischeintopf in die Küche rief, aber ich wollte das hinter mich bringen. Und zwar sofort.

Endlich sprach er. »Es macht mir Spaß, solche Dinge für dich zu tun. Ich genieße es, loszulassen und mich dir hinzugeben. Ich mag es zu wissen, dass du die volle Kontrolle über mich hast und dir so zu vertrauen.«

Ich wusste nicht, wie weit er gehen konnte, aber ich behielt Tonys Rat im Hinterkopf. »Ich werde das für dich tun, aber ich muss ehrlich zu dir sein. Ich wünschte, es gäbe Zeiten, in denen ich einfach loslassen könnte und du das Sagen hättest. Zumindest im Schlafzimmer. Es wird Zeiten geben, in denen du das für mich tun musst, um mir eine Pause zu gönnen. Gib mir die Chance, neue Energie zu tanken. Und ich möchte, dass du in mancher Hinsicht selbstbewusster bist. Der Versuch, dich so zu kontrollieren, wie du es von mir verlangst, erschöpft mich. Es fühlt sich an wie ein weiterer Job auf meinem Teller, der schon voll ist.«

Ich las die Überraschung in seinen Augen. Vielleicht hatte er mich vorher nicht richtig verstanden, so oft, wie ich versucht hatte, ihn in eine dominante Rolle zu drängen.

»Was soll ich tun?«, fragte er. »Ich werde es tun.«

Ich wechselte die Position und saß in seinem Schoß, seine starken Arme um mich, mein Kopf auf seiner Schulter. »Manchmal muss ich einfach nur sein. Ich brauche dich stark und du musst dich um mich kümmern, nicht nur für mich da sein. Ich weiß nicht, wie ich den Unterschied erklären soll. Ich will, dass du mehr Initiative ergreifst und nicht bei jeder Kleinigkeit auf meine Zustimmung angewiesen bist. Ich will, dass du es einfach *tust*.«

Er küsste meinen Nacken und ließ mich erschaudern. »Okay.«

»Nicht die ganze Zeit. Manchmal muss ich auftanken. Tony sagte, man nennt das ›Dom Drop‹ oder so ähnlich. Damit meine ich nicht, dass du meinen Dom spielen sollst, aber manchmal brauche ich dich einfach als meinen Ehemann. Manchmal brauche ich dich, um mehr als das zu sein. Und wenn du diese Dinge tust, auch wenn du es nicht als ›unterwürfig‹ empfindest, dienst du mir damit trotzdem. Denn wenn du mir wirklich gefügig sein willst, musst du auch die Dinge tun, die ich von dir will und brauche, und nicht nur die, die du für mich tun willst, um dich zu erregen.« Ich holte tief Luft. »Ich verspreche, dass ich besser kommuniziere und dir Dinge beibringen werde, damit du verstehst, was ich will und brauche.«

»Ich liebe dich so sehr.« Er umarmte mich fest und ich wollte nicht weinen, aber ich tat es doch. Ich schluchzte an ihm, weil ich diesen Mann liebte und wusste, dass ich einen Weg finden musste, um das für ihn in den Griff zu bekommen. So schwer das auch für mich war, ich sehnte mich nach dem Ausdruck unverfälschter Freude in seinen Augen, wenn wir spielten. Ich genoss es, wenn er um Jahre jünger aussah, als er war.

Ich genoss die Kommentare meiner Freunde, dass er wie ein anderer Mann wirkte. Wie ein jüngerer Mann.

Wir waren beide verändert.

Ich konnte – und wollte – es tun. Ich musste es tun.

Ich hörte endlich auf zu heulen und wir aßen zu Abend. Er hielt mir den Stuhl und servierte mir das Essen und lächelte, als ich ihm ein Kompliment für seine Kochkünste machte. Beim Abwaschen durfte ich ihm nicht helfen. Ich musste zugeben, dass es unglaublich sexy war, den Hintern eines nackten Mannes beim Abwaschen zu beobachten.

Da kam mir ein Gedanke. »Du hast heute dein Halsband nicht bei der Arbeit getragen, stimmt's?«

Er drehte sich von der Spüle weg und nickte. »Doch.«

Ich fühlte mich furchtbar. »Warum hast du das getan?«

»Weil du mir gesagt hast, dass ich es nur im Notfall abnehmen darf. Das war kein Notfall.«

»Aber das muss doch unangenehm sein.«

Er zuckte mit den Schultern, dann umspielte ein kleines Lächeln seine Lippen. »Ich habe es eine Stufe lockerer gemacht, damit es tiefer unter meinem Hemdkragen sitzt. Und ich habe eine Krawatte getragen. Keiner hat's gemerkt.«

Ich sah zu, wie sein Schwanz langsam anschwoll. Scheiße! Das war ...

Heiß.

»Hat es dir gefallen, dein Halsband den ganzen Tag bei der Arbeit zu tragen?«

Er nickte, während sich sein Schwanz noch weiter verhärtete. » Ich mochte das Gefühl, dass ich dir immer noch gehorche.« Er hob eine Augenbraue und sah mich an. »Natürlich könnte Herrin mich bestrafen, wenn ich mein Halsband lockere und es nicht richtig trage.«

Sein Schwanz stand bei diesem Gedanken in voller Aufmerksamkeit.

Oh Mann.

»Hattest du es verschlossen?«

Er nickte. »Ich hatte den Verschluss nur lange genug auf, um es eine Stufe zu lockern. Dann habe ich es gleich wieder zugemacht. Als ich ins Auto stieg, bevor ich nach Hause fuhr, habe ich es wieder so angebracht, wie es sich gehört.«

Ich stellte mir vor, wie er das tat, wie er seine Krawatte löste und seinen Kragen aufknöpfte, wie er in den Rückspiegel schaute, um zu sehen, was er da tat. Mein Mund wurde trocken.

»Und was hast du mit deinem Tageshalsband gemacht?«
Er sah mich an, als wäre ich verrückt. »Ich habe es getragen.« »Warum?«

»Weil du mir gesagt hast, dass ich es immer tragen soll, wenn ich nicht zu Hause bin.«

»Aber du hattest das andere Halsband an.« Er nickte. »Ja?«

Jetzt war ich feucht.

Was zum Teufel *stimmte* nicht mit mir? Oder war es überhaupt so, dass etwas mit mir nicht stimmte? Vielleicht war es ja meine Bestimmung, das mit ihm zu tun.

Als er mit dem Abwasch fertig war, ging er zu mir hinüber und nahm meine Hände. »Wenn du das nicht kannst, verstehe ich das. Aber es macht mir Spaß, das mit dir zu machen. Ich verbringe den halben Tag damit, mir vorzustellen, was ich für dich tun werde, wenn ich nach Hause komme, und ich meine nicht nur Sex. Ich mag es zu wissen, dass meine Welt mit dir beginnt und endet, sobald ich durch die Tür gehe.«

Seine steife Erektion stieß gegen meine Hüfte.

»Aber der Sex ist heißer«, bemerkte ich.

Er nickte und lächelte. »*Fuck*, ja. Die meiste Zeit des Tages verbringe ich steinhart auf der Arbeit. So habe ich mich seit Jahren nicht mehr gefühlt.«

Ich hatte Ehrlichkeit gewollt. Und ich bekam sie.

Ich wusste, dass es kein Zurück mehr gab. Vielleicht konnten wir ein Gleichgewicht finden, mit dem ich gut leben konnte.

Ich schlang meine Arme um seinen Hals und drückte meine Hüften gegen ihn. »Ich will, dass du mit mir ins Bett gehst und mit mir schläfst. Wenn du ein guter Junge bist, werde ich dich belohnen.«

Er erschauerte vor Erwartung. »Wirklich?«

Ich küsste den Ansatz seines Halses. »Ja. Wenn du jetzt mit mir schläfst, darfst du den Rest des Abends mit einem deiner Spielzeuge in deinem Arsch verbringen ...«

Er schloss mich in seine Arme, presste seine Lippen auf meine und rannte praktisch mit mir ins Schlafzimmer.

Irgendetwas in mir brach aus, auf eine gute Art und Weise. Ich konnte so leben.

Vielleicht hatte ich mich nicht genug angestrengt. Vielleicht hatte ich nicht genug Zeit damit verbracht, nach meinem Weg zu suchen, sondern mich zu sehr auf seinen konzentriert und versucht, es so zu machen, wie ich dachte, dass er es wollte.

Eine Stunde später hatte er mich zweimal kommen lassen und hinterließ mich als geschmolzene Pfütze aus Fleisch mitten auf unserem Bett. Ich krümmte meinen Finger nach ihm. »Fick mich, Baby.«

Ich musste ihn nicht zweimal bitten. Als er die Augen zudrückte, schlang ich meine Beine um seine Taille. Dann streckte ich mich ein wenig und ließ meinen Finger durch seine Arschritze gleiten, um ihn dann über seinem Rand zu platzieren.

Er keuchte und seine Stöße wurden härter. Ich reizte ihn, ohne ihn mit meinem Finger zu ficken, sondern drückte nur fest genug gegen den Muskelring, um ihm einen Vorgeschmack auf das zu geben, was er wollte.

Ich verhedderte die Finger meiner anderen Hand in seinen Haaren und zog seinen Kopf zu meiner Schulter hinunter. Ich knurrte ihm ins Ohr: »Du kommst richtig hart für mich und schreist, wenn du kommst, und ich sorge dafür, dass dein süßer Arsch den ganzen Abend voll ist, Baby.«

Er schrie.

So müde ich auch war, ich wollte mein Versprechen

unbedingt einhalten. Fünf Minuten später war er auf allen Vieren auf dem Bett, sein süßer Arsch in der Luft, sein Schwanz schon wieder halb steif.

Ich konnte nicht leugnen, dass es heiß war.

Ich stellte mich neben das Bett, befeuchtete den Butt-Plug und schob ihn vorsichtig in ihn hinein.

Sein lustvolles Seufzen rührte etwas tief in mir an, auf eine gute Art und Weise.

Ich klopfte ihm auf den Hintern. »So ist's gut. Das kannst du bis zum Schlafengehen drin lassen.«

Er rollte sich auf die Seite, ergriff meine Hand und küsste sie. »Danke, Herrin.« Sein Schwanz war wieder ganz einsatzbereit, steif und pochend. Ich hatte das Gefühl, dass wir vor dem Schlafengehen eine zweite Runde drehen würden. Ich konnte ihn nicht mit gutem Gewissen so hängen lassen. Er war so brav gewesen.

Er war ein guter Sub.

Ich zog ihn auf die Beine und griff nach seinem Schwanz. »Du hast Zeit, bis wir ins Bett gehen. Wenn ich dich dabei erwische, wie du an dir herumspielst, wirst du zwei Tage lang keine Erleichterung bekommen.«

Sein Schwanz pochte in meiner Hand, noch stärker als zuvor. »Ja, Herrin«, antwortete er eifrig.

Mein Herz pochte. Wie konnte ich das nur genießen? Was zum *Teufel* war los mit mir?

Ich würde alles tun, außer zu töten, um dieses spielerische, begierige Leuchten in seinen Augen zu sehen. »Sehr gut, das gefällt mir.« Ich klopfte ihm erneut auf den Hintern. »Geh schon mal deine E-Mails checken oder so.«

Er küsste mich und ging in sein Arbeitszimmer. Ich stellte mir vor, wie er dort in seinem Stuhl saß und das volle Gefühl in seinem Hintern genoss.

Ich musste meine E-Mails checken und Tony sagen, dass ich gut nach Hause gekommen war.

Ich schrieb ihm eine SMS.

ICH: *Ich bin zu Hause.*

TONY: *Bist du okay?*

ICH: *Mir geht's gut. Wir hatten ein kurzes Gespräch. Das erste von vielen.*

TONY: *Reden ist gut.*

ICH: *Ich habe mich bei ihm entschuldigt, weil ich gegangen bin. Ich habe ihm gesagt, dass ich ihn besser unterrichten werde.*

TONY: *Du hast gut gelernt, Grashüpfer.*

ICH MUSSTE LACHEN. Tony brachte mich immer zum Lachen.

ICH: *Ich danke dir.*

TONY: *Wofür?*

· · ·

ICH: Dafür, dass du es mit einer verrückten Frau ausgehalten hast. Du warst sehr nett und gnädig, obwohl ich dir so unhöflich in den Schoß gefallen bin. Ich weiß es wirklich zu schätzen, dass du dir die Zeit genommen hast, mir bei dieser Sache zu helfen.

TONY: LOL, du bist sooo vanillig, Mädchen, du hast ja keine Ahnung. Ich bin froh, dass ich helfen konnte. Ich bin immer da, wenn du ein offenes Ohr brauchst.

ICH: Danke.

ICH CHECKTE MEINE E-MAILS, las die Nachrichten und schaltete eine Stunde später meinen Laptop aus und ging in sein Arbeitszimmer.

Seine linke Hand umklammerte fest die Armlehne seines Stuhls, als ob er darum kämpfen würde, sie dort zu lassen. Seine Rechte lag auf seinem Schreibtisch, auf seiner Maus.

Sein Schwanz stand aufrecht in seinem Schoß.

Ich lehnte mich gegen den Türpfosten. »Hast du dich benommen?«

Er nickte. »Ich musste mich kratzen, aber ich habe nicht an mir herumgespielt, Herrin.«

Ich kämpfte gegen den Drang zu lachen an – und verlor. »Das ist schon in Ordnung.

Kratzen ist erlaubt.« Ich nickte und deutete auf seine Erektion. »Bist du bereit, etwas dagegen zu tun?«

Er nickte eifrig.

»Schalte deinen Computer aus und schwing deinen

Arsch ins Bett, damit ich dich ficken kann.« Ich war schon wieder feucht.

Der Mann konnte sich verdammt schnell bewegen. Ich glaube, er umging das normale Herunterfahren und hielt einfach den Einschaltknopf gedrückt. Er flitzte an mir vorbei, landete auf dem Bett und wackelte mir mit dem Hintern zu.

Ich konnte es nicht verhindern. Ich musste wieder lachen. Er war so verdammt süß, wie er das tat.

Wenigstens wusste ich, dass ich mir keine Sorgen machen musste, dass er mich betrügt.

Später in der Nacht, als er sich an meinen Rücken drückte und seinen Arm um meine Taille legte, schloss ich die Augen und wusste, dass wir es irgendwie schaffen würden. Ich würde aufhören, den Fehler zu machen, dass es allein an mir läge, es herauszufinden. Ich würde ihn in den Prozess einbeziehen, ihn um Rat fragen und ihm sagen, was ich brauche.

Wir könnten es schaffen.

KAPITEL VIERZEHN

Er

Sie war zurück!

Oh, Gott sei Dank, sie war zu Hause!

Und sie wollte mich immer noch.

Ich schloss meine Augen und holte tief Luft, atmete den Duft ihres Shampoos ein, als sie schlafend in meinen Armen lag.

KAPITEL FÜNFZEHN

Sie

Am nächsten Abend, sobald er von der Arbeit nach Hause kam, gingen wir unser Halsband-Ritual durch. Mir war nie klar gewesen, wie wichtig das alles war, bis jetzt, glaubte ich. Dank meiner Gespräche mit Tony habe ich dieses Mal gut aufgepasst.

Ich beobachtete, wie sich mein Mann entspannte und die Anspannung von ihm abfiel, als ich ihm das Halsband umlegte und der Verschluss zuschnappte.

Das war mir vorher noch nie aufgefallen.

Vielleicht gab es eine Menge Dinge, die ich bei meinen Versuchen, alles für ihn ›richtig‹ zu machen, noch nie bemerkt hatte.

Es machte mich demütig, ich werde nicht lügen. Ich hatte wohl angenommen, dass das meiste für ihn nur ein schwanzverhärtender Spaß war. Genauso wie ich nie darüber nachgedacht hatte, ob meine eigenen Bedürfnisse befriedigt wurden, hatte ich auch nie über die weiteren Auswirkungen dessen nachgedacht, was wir taten und wie es sich auf das Leben und das Wohlbefinden meines Mannes auswirkte.

Er nahm meine Hand und küsste sie, wobei er seine Wange an sie schmiegte. »Danke, Herrin«, sagte er, als würde ihm ein Seufzer der Erleichterung entweichen.

»Geh und zieh dich aus, Schatz.«

Er stand auf, ging ins Schlafzimmer, zog sich aus, kehrte zu mir zurück und kniete vor mir nieder.

»Komm schon«, sagte ich. »Ich möchte dir etwas zeigen.«

Mit einem verwirrten Blick, aber ohne zu fragen, folgte er mir in die Garage. Ich hatte schon alles vorbereitet. Ich deutete auf ein großes, gefaltetes Handtuch, das ordentlich auf dem Boden lag.

»Stell dich da hin«, deutete ich an und setzte mich auf den Hocker vor der Werkbank.

Ich wollte nicht, dass seine Füße auf dem Betonboden kalt werden.

Ich leerte die Werkzeugtasche aus und ging mit ihm jedes Werkzeug durch. Einige kannte er schon, er war ja kein Idiot. Die, die er kannte, ließ ich ihn zurück in die Werkzeugtasche legen. Diejenigen, die er nicht kannte, gingen wir mehrmals durch, mit ihrem Namen und ihrer grundlegenden Funktion, wie sie sich von ähnlichen Werkzeugen unterscheiden und warum ich vielleicht ein bestimmtes Werkzeug anstelle eines anderen brauche.

Nach einer Stunde war ich hungrig und wusste, dass er auch hungrig sein musste. »Hast du noch Fragen?«, fragte ich.

Er schüttelte den Kopf. »Nein, Herrin. Ich weiß aber nicht, ob ich sie mir alle merken kann.«

Ich lächelte. »Das ist in Ordnung. Wir werden sie so lange durchgehen, bis du sie dir merkst.

Okay?«

Er nickte und lächelte. »Danke.« Ich holte tief Luft. Ich konnte es schaffen.

Ich schickte ihn los, um mit dem Abendessen zu beginnen und gab ihm einen sanften Klaps auf den Hintern, als er an mir vorbeiging.

Er drehte sich um und grinste und mein Herz machte kleine Luftsprünge in meiner Brust.

Mein Gott, ich liebte diesen Mann.

Jeden Abend, wenn er von der Arbeit nach Hause kam, fragte ich ihn ab. Es gab keine Strafe, wenn er etwas vergaß, aber jedes Mal, wenn er etwas richtig hatte, streichelte ich seinen Schwanz.

Er gab sich wirklich Mühe, sich zu erinnern.

Dafür hatte ich einen Grund. Am Samstag wollte ich den Wasserhahn in der Küche auswechseln, der tropfte. Ich fand heraus, dass es viel einfacher war, das ganze Ding durch ein neueres Modell zu ersetzen, als den alten Wasserhahn auszuschlachten, um eine Unterlegscheibe zu ersetzen, da das verdammte Ding schon so alt war.

Am Samstagmorgen stellte ich alles zusammen, was ich zu brauchen glaubte, und ließ ihn den Schrank unter der Spüle ausräumen. Er sah nervös aus.

Das konnte ich ihm nicht verdenken.

Aber ich war stolz auf ihn, denn er hatte das Gefühl, dass er sich mehr Mühe gab als zuvor.

Und was noch wichtiger war: Ich sagte ihm das auch.

Er gewann bei allem, was er richtig machte, an Selbstvertrauen, und als ich bei dem einen Mal, als er verwirrt war, einen kühlen Kopf bewahrte, gab er sich noch mehr Mühe, mir zu gefallen. Als wir eine halbe Stunde später fertig waren, hatte ich einen neuen Wasserhahn und er einen rasenden Ständer, von dem ich es kaum erwarten konnte, ihn zu befreien.

Ich stand auf und klopfte ihm sanft auf den Hintern. »Räum die Werkzeuge für mich auf, stell alles wieder unter die Spüle und dann ab ins Bett mit dir.«

Er stöhnte auf und küsste mich hungrig. »Ja, Herrin.«

Ich konnte mir ein Lachen nicht verkneifen, als er zehn Minuten später praktisch auf mir ins Bett sprang. Ich ließ ihn knien, während ich seinen mittelgroßen Butt-Plug einführte, der ihn unter meinen Händen zappeln ließ. Dann ließ er sich auf mich fallen und schickte mich in die Umlaufbahn.

Der Mann mit der goldenen Zunge hatte mich noch nie im Stich gelassen.

Ich krümmte meinen Finger nach ihm und er fickte seinen steinharten Schwanz in mich hinein. Ich schlang meine Beine um seine Taille und griff hinter ihn und drückte sanft auf den Butt-Plug.

»Oh, fuck!«, stöhnte er und brauchte nur ein paar harte Stöße, bevor er kam.

Ich hielt ihn fest und weigerte mich, ihn loszulassen. Ich streichelte sein Haar und fuhr mit meinen Fingern seinen Rücken hinunter.

Gott, ich liebte diesen Mann.

KAPITEL SECHZEHN

Er

In der nächsten Woche nach ihrer Rückkehr redeten wir viel miteinander. Ich begann, ihren Standpunkt zu verstehen. Ich dachte, es würde ihr gefallen, was wir taten, denn schließlich träumten doch alle Frauen von einem Mann, der ihnen zu Diensten ist.

Ich verstand überhaupt nichts. Ich hatte mich getäuscht.

Aber ich fing an, es zu begreifen.

Und sie hatte Recht, das ich bei all dem nie wirklich darüber nachgedacht hatte, was sie wollte und brauchte. Ich hatte die Sache so angepackt, dass ich dachte, ich wüsste, was sie brauchte, aber alles drehte sich um eine Fantasie, die ich in meinem Kopf aufgebaut hatte, was sie meiner Meinung nach wollte und brauchte.

Zunächst fühlte ich mich unwohl in dieser Rolle, was sie gelegentlich wollte und brauchte. Ich ging noch einmal das Gespräch mit Tony am Telefon durch, die Dinge, die er mir gesagt und die ich damals nicht verstanden hatte.

Wie *konnte* er es wagen, mir zu sagen, dass er meine Frau

besser kannte als ich? Nur ... später, nachdem sie und ich uns unterhalten hatten, wurde mir klar, dass Tony recht hatte. Da begriff ich endlich, dass ich ihr immer dienen wollte. Ihr zu dienen bedeutete, ihr das zu geben, was *sie* brauchte, nicht nur das, was ich ihr geben wollte.

Er nannte mich einen selbstsüchtigen Sub, aber er sagte es ganz sachlich, als er mir erklärte, dass das ein häufiger Anfängerfehler sei.

Damals schmerzten seine Worte. Hätte er vor mir gestanden, wäre ich versucht gewesen, den Bastard zu verprügeln.

Aber er hatte absolut recht. Es konnte nicht nur um mich gehen.

Und irgendwann schuldete ich Tony eine Entschuldigung für das, was ich damals über ihn dachte, auch wenn ich ihn nicht mit solchen Worten beschimpft hatte. Außerdem musste ich ihm dafür danken, dass er sich die Zeit genommen hatte, mit ihr zu reden und Ratschläge zu geben.

Denn je länger ich darüber nachdachte, was er gesagt hatte, desto mehr wurde mir klar, wie richtig er lag.

Und ...

Nun, er hat vielleicht tatsächlich geholfen, unsere Ehe zu retten. Für mich und für meine Frau.

Sie *brauchte* mich. Sie hatte sich so sehr um mich bemüht und ich hatte sie nicht ein einziges Mal gefragt, was ich auf diese Weise für sie tun könnte. Ich tat nur das, was ich für sie tun wollte, auch wenn sie davon profitierte.

Ich hatte mich nie hingesetzt und sie nach ihren Bedürfnissen gefragt, so wie sie sich hingesetzt und versucht hatte, meine Bedürfnisse zu erkennen und zu erfüllen. Sie bat nie um Dinge für sich selbst. Ihr Fokus lag immer auf mir.

Endlich machten Tonys Worte Sinn.

Wenn ich wirklich ein Sub sein wollte, musste ich meiner Herrin dienen. Das bedeutete, ihr zu dienen und nicht nur ein einseitiges Spiel zu meinem Vorteil zu spielen.

Als mir das klar wurde, wusste ich, dass ich das für sie tun und trotzdem ihr Untergebener sein konnte. Meine Herrin wollte, dass ich ab und zu etwas für sie tat und war. Damit erfüllte ich ihre Bedürfnisse.

Plötzlich wollte ich es mehr als alles andere. Ich machte einen Plan.

Am Wochenende, nachdem ich ihr mit dem Wasserhahn geholfen hatte, fuhr sie am Samstagnachmittag los, um Besorgungen zu machen. Ich sah, wie ihr Auto aus der Einfahrt fuhr, und als ich wusste, dass sie wirklich weg war, rannte ich ins Schlafzimmer.

Es fühlte sich falsch an, mein Halsband abzunehmen. Sie hatte es mir am Abend zuvor um den Hals gelegt, als ich nach der Arbeit nach Hause kam – unser tägliches Ritual, nach dem ich mich sehnte. Da es ein Freitagabend war, trug ich es normalerweise bis Montagmorgen, außer beim Duschen oder wenn wir irgendwo hinfuhren.

Ich legte es auf die Kommode und legte mein Tageshalsband um mein Handgelenk und genoss das schwere Gefühl des ID-Armbands. Ich war immer noch ihr Untergebener und hoffte, dass es ihr nichts ausmachte, dass ich dieses greifbare Zeichen meiner Rolle für sie brauchte.

Ich wusste, was ihr gefallen würde. Ich zog mich an und verzichtete auf Unterwäsche. Ich wählte eine Arbeitshose – Khakis – und ein Hemd mit Knopfleiste. Eine Krawatte.

Ich betrachtete mich im Spiegel und bürstete mein Haar. Ich schlüpfte in meine Halbschuhe. Ich sah aus, als würde ich zur Arbeit gehen. Dann legte ich ihr ein Outfit zurecht, das sie tragen sollte.

Eines, von dem ich wollte, dass sie es trug.

Eine Stunde später kam sie zurück. Sie konnte mich nicht sehen, da ich in der Küche stand.

»Wo bist du?«, rief sie. »Hier.«

Sie kam herein und hielt kurz inne, überrascht über mein Erscheinensbild.

Ich nahm ihr die Einkaufstüten ab und küsste sie, wobei ich dem Drang widerstand, vor ihr auf die Knie zu fallen.

»Was ist hier los?«, fragte sie.

Ich zog sie zu mir und küsste sie fest. Zuerst wehrte sie sich, aber ich drückte sie fester an mich. Dann drückte sie sich an mich, als hätte sich etwas in ihr gelöst, und sie gab sich mir hin.

»Ich gönne dir heute Abend eine Pause«, sagte ich und hielt sanft ihr Kinn. »Ich möchte, dass du die Chance auf eine Auszeit hast.«

Ihr Lächeln allein war das schon wert. »Danke.« Ihr Blick fiel auf mein Handgelenk und sie strich über das Armband. »Auszeit?«

Ich zuckte mit den Schultern. »Ist das in Ordnung?« Sie nickte. »Es ist okay.«

Ich half ihr, die Einkäufe einzuräumen. »Ich führe dich heute Abend aus«, sagte ich. »Okay?«

Sie nickte.

»Geh dich umziehen, Baby. Ich habe deine Sachen auf dem Bett liegen lassen. Ich möchte, dass du sie anziehst.«

Sie grinste und rannte aus der Küche.

Mein Schwanz pochte und ich kämpfte gegen den Drang an, ihr zu folgen und sie auf der Stelle zu ficken.

Daran könnte ich mich gewöhnen.

Ich ging mit ihr in eines unserer Lieblingsrestaurants. Als die Kellnerin erschien, um unsere Bestellungen aufzunehmen, bestellte ich sofort für meine Frau, ohne sie zu fragen, da ich bereits wusste, was sie mochte. Ihr verspieltes Lächeln erregte meinen Schwanz erneut.

Vielleicht würden wir es doch nicht ins Kino schaffen.

Wir aßen gut zu Abend. Wir redeten, lachten und genossen die Gesellschaft des anderen.

Als wir fertig waren und die Kellnerin die Rechnung brachte, griff ich sofort danach, holte mein Portemonnaie heraus, berechnete das Trinkgeld und ließ sie die Rechnung nicht einmal sehen.

Sie lehnte sich zurück und lächelte.

Ich öffnete ihr trotzdem die Türen, denn meiner Meinung nach ist das die Aufgabe eines guten Ehemannes. Ich kaufte unsere Kinokarten, ohne zu fragen, ob sie sehen wollte, was ich ausgesucht hatte. Ich bezahlte das Popcorn und die Limonade und führte sie an der Hand zu den Plätzen, die ich wollte.

Als das Licht gedimmt wurde und die Vorpremiere lief, lehnte sie sich an meine Seite und eine Hand fiel auf meinen Schoß. Mein Schwanz pochte in meiner Hose und ich ergriff ihre Hand und drückte sie sanft.

»Nicht hier«, flüsterte ich. »Ich komme in meiner Hose.«

Sie verschränkte ihre Finger in meiner Hand und schmiegte sich eng an mich. »Später?«

Ich knabberte an ihrer Schläfe und flüsterte ihr ins Ohr: »Wenn du ein braves Mädchen bist.«

Ihr leises, hungriges Stöhnen war nicht zu überhören. Ich wusste, wenn ich meine Hand in ihr Höschen steckte, würde ich sie klatschnass vorfinden.

Mein Herz raste. Ein Teil von mir wollte sie auf der Stelle aus dem Auto zerren und sie auf dem Rücksitz ficken, aber mein Verstand wirbelte herum. Ich hatte mit einem Teil meines Plans gewartet, weil ich mir nicht sicher war, ob ich den Mut haben würde, es zu tun.

Jetzt wusste ich, dass ich es konnte.

Nach dem Film drückte ich ihre Hand in meine und führte sie zum Auto. Ich hatte weit draußen auf dem Parkplatz geparkt, die Beifahrertür zeigte vom Gebäude weg. Ich legte ein langsames, gemächliches Tempo vor. Als wir am Auto ankamen, hatte sich der Verkehr von unserem Kinopublikum schon stark gelichtet.

Und der Parkplatz war dunkel.

Ich ergriff ihre rechte Hand, als ich ihr beim Einsteigen half, und hielt sie dann davon ab, ihre Beine ins Auto zu schwingen. »Leg deine Handtasche ab«, befahl ich.

Sie legte sie auf die Tür und blickte zu mir auf, ohne etwas zu sagen.

Ich hatte das Licht im Innenraum ausgeschaltet. Die Gegend war vollkommen finster und unser Auto stand allein auf dem Parkplatz in tiefster Dunkelheit.

»Mach mir den Reißverschluss auf«, befahl ich. Sie schluckte schwer, aber sie tat es. »Lutsch ihn, Baby.«

Sie riss mir fast die Knie aus, so hart und tief nahm sie ihn in den Mund. Ich packte ihren Hinterkopf fest und stöhnte, während ich versuchte, meine Ladung nicht so schnell in ihre Kehle zu schießen.

Ich hielt die Augen offen, es war niemand in der Nähe.

Meine Frau hat mir schon immer einen tollen Blowjob gegeben, aber der heute Abend war unvergleichlich. Sie arbeitete eifrig mit ihren Lippen und ihrer Zunge an meinem Schaft, während ich meine Hände in ihren Haaren verkrallte und meine Hüften gegen ihr Gesicht stieß.

»Mach dich bereit«, keuchte ich.

Sie stöhnte auf, als ich kam, und schluckte jeden Tropfen. Ich musste mich gegen das Auto lehnen, weil meine Beine zitterten.

Ich musste sie zum Loslassen zwingen. Sie wollte nicht

aufhören, meinen Schwanz zu saugen, und ich hatte schon wieder einen Steifen.

Ich klopfte ihr auf den Kopf und sagte: »Das war sehr gut, Baby. Braves Mädchen. Mach mir den Reißverschluss zu, damit ich dich nach Hause bringen kann.«

Sie packte meinen Schwanz vorsichtig ein und schaute mich mit großen Augen und einem wunderschönen Lächeln an.

Ich beugte mich vor und küsste sie. »Das war verdammt fantastisch. Hattest du Spaß?«

»Ja!« Ihre Stimme klang atemlos und begierig.

Ich ahnte, dass sie sich auf mich stürzen würde, sobald wir zur Tür hereinkamen. Die Frage war nur, ob ich genug Willenskraft hatte, das Spiel zu beenden, das ich für sie begonnen hatte.

Als wir zu Hause ankamen, versuchte sie, sich im Flur gegen mich zu stemmen, und ich befreite sie vorsichtig, indem ich ihre Handgelenke fest umklammerte. »Geh ins Bett und warte auf mich«, befahl ich leise. »Nackt.«

Sie rannte los, um mir zu gehorchen.

Ich schloss meine Augen und atmete tief durch. Ich zwang mich, nicht mit ihr ins Schlafzimmer zu rennen.

Ich ließ mir Zeit und holte mir einen Schluck Wasser aus der Küche, bevor ich mich auf den Weg in den hinteren Teil des Hauses machte. Sie lag nackt in unserem Bett, mit gespreizten Beinen und einem verführerischen Lächeln im Gesicht.

»So?«, fragte sie.

Ich lehnte mich gegen den Türpfosten. »Fast.« Langsam lockerte ich meine Krawatte, ließ mir Zeit, ließ sie warten und baute Spannung auf.

»Fast?«

»Du siehst erst dann richtig aus, wenn du auf meinem Schwanz auf und ab hüpfst, Baby.«

Ihr ganzer Körper spannte sich an und sie stöhnte und krümmte sich.

Ich löste meine Krawatte und setzte mich an das Ende des Bettes. »Berühre dich für mich.«

Sie erstarrte. Das war eine Sache, die sie noch nie getan hatte und um die ich sie nie gebeten hatte. »Was?«

»Du hast mich verstanden. Ich will sehen, wie du dich anfasst.« Ich wartete. Ich wollte sehen, wie sie das macht. Wenn sie sich weigerte, würde ich sie nicht zwingen, aber es würde sicher zu weiteren Gesprächen darüber führen, warum sie nicht wollte.

Sie schloss die Augen, während sich ihre rechte Hand langsam zu ihrem Schamhügel bewegte. »Nein«, sagte ich. »Ich will, dass du mich ansiehst.«

Wieder erstarrte sie. Wieder wartete ich sie ab. Schließlich öffnete sie die Augen und holte tief Luft, während mein Schwanz in meiner Hose pochte. Das war etwas, was ich mich noch nie getraut hatte zu fragen.

Erst ein, dann zwei Finger glitten zwischen ihre Beine und es dauerte ein paar Minuten, bis ihr Körper ihre Gefühle überwältigte und sie richtig in Fahrt kam.

»So ist es gut, Baby«, ermutigte ich sie. »Mach dich schön feucht für mich.«

Ihre leise, wimmernde Antwort machte mich härter, als ich es je für möglich gehalten hätte.

Ich stand auf, ohne den Blickkontakt mit ihr zu unterbrechen, und zog langsam mein Hemd aus. »Ich will, dass du für mich kommst, bevor ich mit dem Ausziehen fertig bin. Wenn du ein braves Mädchen bist und tust, was ich sage, dann werde ich dich lecken und an deiner Klitoris saugen.«

Sie keuchte und ihre Hand wanderte schnell zwischen ihre Beine. Scheiße, war das heiß!

Und warum hatte ich nicht schon früher das Kommando übernehmen wollen? Weil ich anscheinend ein Vollidiot bin.

Ich lächelte, zog langsam mein Hemd aus und ließ es in den Wäschekorb fallen. »Ich werde deine süße Muschi mit meiner Zunge ficken«, sagte ich und genoss das Spiel.

Als sie daraufhin stöhnte, pochte mein Schwanz wieder. *Fuck!*

Ich lehnte mich vor und stützte meine Arme auf dem Bett ab. »Ich werde ein paar Finger in deine nasse Muschi stecken, während ich deinen Kitzler lecke, Baby. Würde dir das gefallen?«

Ein leichter Schweißtropfen bedeckte ihren Körper und sie nickte hektisch, wobei ihre Augen mich nicht aus den Augen ließen. Ich streckte die Hand aus und streichelte ihr Kinn. »Dann kommst du besser zu mir, Baby. Sonst fessle ich dich und lasse dich die ganze Nacht gefesselt, damit du deine Muschi nicht erreichen kannst, und dann werde ich dich ficken und dich erst morgen früh kommen lassen.«

Sie stöhnte fast verzweifelt und vergrub ihre Finger zwischen ihren Beinen.

Verdammt, ich wollte da runterspringen und ihr helfen!

Ich beugte mich näher heran, mein Mund war nur wenige Zentimeter von ihrem Ohr entfernt. »Nachdem du für mich gekommen bist, werde ich dich auf die Knie zwingen und dich von hinten ficken und dabei mit deiner Klitoris spielen. Das würde dir doch gefallen, oder?«

Sie schrie auf und drückte ihre Augen fest zusammen. Ich bemühte mich, sie nicht zu berühren, als sie kam. Ich wollte ihr dieses Geschenk machen.

Als sie so dalag und nach Luft schnappte, entledigte ich

mich schnell meiner restlichen Kleidung, drehte sie auf den Rücken, zog sie auf die Knie und versenkte meinen Schwanz in ihr.

Verdammt, war sie heiß! Sie stöhnte auf und stemmte ihre Hüften gegen mich.

Ich griff um sie herum und tastete nach ihrer Klitoris. Ich wusste, dass sie noch empfindlich sein würde, also drückte ich sie vorsichtig mit meinen Fingern, was ihr ein weiteres Stöhnen entlockte.

»Was willst du?«, fragte ich heiser, weil ich mich so sehr zurückhalten musste.

»Fick mich!«

Ich stieß ein paar Mal hart zu. »Gefällt dir das, Baby?« Ich wurde langsamer, zog ihn fast ganz heraus und glitt langsam wieder bis zu den Eiern hinein. »Oder so?«

Sie stöhnte und wackelte mit ihrem Hintern gegen mich. »Wie auch immer du mich ficken willst.«

Ich hielt inne. »Das habe ich nicht gefragt. Ich habe dich gefragt, wie du es willst. Ich will eine Antwort, sonst ficke ich dich nicht, Baby.«

Ihr ganzer Körper vibrierte. »Fick mich. Hart.«

Ich packte ihre Hüften und tat genau das, obwohl ich wusste, dass ich nicht lange durchhalten würde, so geil wie ich war. Dann hatte ich eine Idee.

Als ich mich zurückzog, stöhnte sie beschwerlich auf. Ich drehte mich auf die Seite, packte sie und zog sie auf mich drauf. »Reite meinen Schwanz, Baby.«

Sie kniete sich über mich und spießte sich begierig auf. Ich nahm ihre Hand und legte sie auf ihre Klitoris. »Jetzt kommst du wieder, Baby. Ich will spüren, wie du für mich kommst.«

Diesmal war es einfacher für sie. Ich ließ sie ihre Augen schließen und das Gefühl, wie sich ihre Muskeln um mich herum zusammenzogen, war unbeschreiblich schön. Ich streichelte ihre Schenkel und flüsterte ihr aufmunternde Worte zu.

»Sag mir, wenn du kommst, Baby«, knurrte ich.

Sie nickte, ihre Haare hingen ihr ins Gesicht. An der Art, wie sie nach Luft schnappte, wusste ich, dass sie kurz davor war. Dann spürte ich es.

Ungefähr zu dem Zeitpunkt, als sie schrie, dass sie kommen würde, spürte ich, wie ihre Muskeln mich auf eine Weise zusammenpressten, wie ich es noch nie zuvor gespürt hatte. Ich wusste, dass sie nicht nur vom Ficken kommen konnte, das hatte sie noch nie getan, also versuchte ich immer, sie zuerst zu befriedigen.

Aber es war ein unbeschreibliches Gefühl, wenn sie meinen Schwanz so melkte.

Ich packte ihre Hüften und stieß hart zu, um mit ihr zu kommen. Dann zog ich sie an meine Brust, als sie aufschrie. Ich streichelte ihren Rücken und strich mit meinen Fingerspitzen ihre Wirbelsäule auf und ab.

»Geht es dir gut?«, fragte ich schließlich und fürchtete mich fast vor der Antwort.

Sie nickte, hob aber nicht den Kopf. »Sehr gut.« Sie schniefte.

»Warum weinst du?«

Sie schüttelte den Kopf. »Ich weiß es nicht. Aber es ist nichts Schlechtes.« »Wenn du dir sicher bist.«

»Ja.« Sie hob den Kopf, ein sanftes Lächeln lag auf ihrem Gesicht. »Ich bin sicher.«

Ich drehte sie auf den Rücken und arbeitete mich an ihrem Körper hinunter, bis ich zwischen ihren Beinen landete. »Du hast dir eine Belohnung verdient, Baby.« Ich wusste nicht, ob ich sie wieder zum Orgasmus bringen konnte. Aber ich würde es auf jeden Fall versuchen. Es dauerte eine Weile, aber schließlich brachte ich sie ein drittes Mal zum Kommen. Dann kroch ich zurück aufs Bett, zog sie fest an mich und küsste sie.

»Ich liebe dich.«

Sie kuschelte sich in meine Arme. »Ich liebe dich auch. Danke.« »Ist es das, was du wolltest?«

Sie nickte. »Ja.« »Habe ich es gut gemacht?«

»Du warst großartig.« Sie war schon am Einschlafen. Als ich wusste, dass sie nicht mehr aufwachen würde, stieg ich vorsichtig aus dem Bett und fand in der Dunkelheit mein Halsband auf der Kommode. Ich schnallte es mir um den Hals, schloss es ab und nahm vorsichtig mein Tageshalsband ab. Um sie nicht zu stören, schlüpfte ich neben sie ins Bett, schlang meine Arme um sie und schlief ein.

Als ich am nächsten Morgen aufwachte, starrte sie mich mit einem verspielten Lächeln an.

»Hatte Herrin letzte Nacht eine gute Nacht?« fragte ich.

Sie grinste und küsste mich, ganz fest. »Wann hast du dein Halsband wieder angelegt?«

»Nachdem du eingeschlafen warst.«

Sie küsste mich erneut und rollte sich auf mich. Statt etwas zu sagen, wurde ich hart und leistete keinen Widerstand, als sie mich ritt.

Diesmal streichelte ich mit meinem Daumen ihren Kitzler. »Du warst so schön, Baby«, sagte ich. Ihre Augen funkelten amüsiert und ich ertappte mich dabei. »Herrin war gestern Abend sehr schön.«

Sie lachte und fiel nach vorn, um mich zu umarmen. »Du überteibst.«

»Hattest du wirklich Spaß?«

Sie nickte. »Ja. Es hat mir gefallen, dass du mich so überrascht hast.« Sie fuhr mit ihren Fingern durch mein Haar. »Du musst auch nicht immer förmlich zu mir sein, weißt du.

Wir können einfach reden, auch wenn du gefesselt bist. Einfach zusammen sein.«

»Darf ich dich immer noch Herrin nennen?« »Zu Hause.«

Ich nickte. »Okay.« Damit konnte ich leben. »Manchmal möchte ich aber wirklich förmlich sein.«

»Lass es uns einfach ab und zu ändern. Abwechslung. Und wenn du wirklich einen Spielabend brauchst, sagst du es mir.«

»Das ist fair«, stimmte ich zu. »Was ist, wenn du einen Spielabend brauchst?

Willst du es mir sagen, oder soll ich dich einfach überraschen?« »Ich werde es dir sagen. Aber ganz ehrlich? Es hat mir gefallen, als du mich so überrascht hast.«

»Wie wäre es, wenn ich versuche, dich mindestens einmal in der Woche zu überraschen? Ist das okay?«

Verdammt, ich liebe ihr Lächeln. »Es muss ja nicht jede Woche sein. Aber ein paar Mal im Monat, mindestens. Ich weiß, dass es Nächte gibt, in denen du unbedingt spielen musst. Und nur weil du meine Untergebene bist, heißt das nicht, dass du nicht ab und zu oben sein kannst.«

Ich rollte mich auf sie und machte ein paar lange, harte Stöße. »Gefällt dir das?«

Sie nickte eifrig. »Ja, genau.« Damit konnte ich leben.

So konnte ich leben.

KAPITEL SIEBZEHN

Sie

Eines Dienstagabends blinkte mein Chat-Fenster auf. Es war Tony.

Bist du da?

Ich antwortete.

Ich bin da.

Die Sprechblase sprang auf.

Was geht?

Ich lachte.

Nicht viel.

Es war etwas mehr als zwei Monate her, dass ich nach Denver gefahren war. Das Leben war gut. Ich sprach im Durchschnitt einmal pro Woche mit Tony. Mein Mann hatte sogar ein paar Mal mit ihm geschrieben und war schließlich mutig genug geworden, um einige seiner Fragen über seine eigenen Gefühle und Wünsche in unserem neuen Abenteuer zu beantworten.

Wie geht's, wie steht's?

Ich lachte und sah von meinem Laptop auf. Ich saß auf

der Couch mit meinem Computer auf dem Schoß. Meine Füße ruhten bequem auf den Oberschenkeln meines Mannes. Er saß auf den Knien auf dem Boden vor mir, seinen steinharten Schwanz im Anschlag und die Hände hinter dem Rücken gefesselt.

»Tony will wissen, wie's geht.«

Seine Augen funkelten. Mit dem großen roten Ballknebel im Mund konnte er nicht antworten, aber ich sah an seinen Augen, dass er lächelte.

Und sein Schwanz zuckte verlockend in seinem Schoß. Ich tippte.

Sehr gut. Er hat die Dinge bestellt, die du vorgeschlagen hast.

Drei Wochen zuvor hatte ich meinen Mann überrascht. Ich gab ihm eine unserer Kreditkarten, wies ihn auf eine Website hin und gab ihm ein Dollar-Limit und eine Regel – er sollte nur Dinge kaufen, die ich an ihm benutzen konnte.

Und ich würde sie an ihm benutzen. Tony antwortete.

Oh? Uuuund?

Ich lächelte.

Als das Paket vier Tage später eintraf, während mein Mann auf der Arbeit war, öffnete ich es schockiert, amüsiert und ... na ja, erregt.

Ich denke, man kann mit Sicherheit sagen, dass ich mich immer wohler im Umgang mit Spielzeug fühle. Und ich schätze alle Ratschläge, die du mir gegeben hast. Vielen Dank, von uns beiden.

Ich habe meinem Mann nicht gesagt, dass die Bestellung angekommen ist. Es hat mich erstaunt, wie viel er mit dem Budget, das ich ihm gegeben habe, besorgen konnte. Er hat es gut ausgegeben.

Das freute mich. Außerdem bedeutete es, dass ich ihn öfter Spielzeug einkaufen lassen musste.

Gern geschehen. Ich bin froh, dass ich euch mit nützlichen

Ratschlägen helfen konnte. Sollte einer von euch jemals Fragen
haben, könnt ihr mich immer anrufen.

Ich beschloss, meinen Mann zu überraschen und das
Erlebnis hinauszuzögern. Ich versteckte die Kiste und nahm
nur ein paar der Gegenstände heraus.

In der ersten Nacht benutzte ich die Augenbinde und
die weiche Lederpeitsche.

Zwei Tage später kamen die ledergefütterten Handge-
lenkmanschetten dazu. Ich wartete einige Tage, bevor ich
ihn mit dem Ballknebel überraschte.

Ich glaube, das steigerte seine Vorfreude auf jede
Sitzung, weil er sich immer fragte, ob und wann ich welches
Spielzeug als Nächstes benutzen würde.

Ich musste auf der Website nachschauen, wie man die
Spreizstange benutzt, um ein Bild davon zu sehen. Ich
musste Tony noch Fragen schicken.

Schließlich habe ich es herausgefunden. Ich ließ ihn –
also meinen Mann, nicht Tony – auf dem Bett knien, die
Hände hinter sich, geknebelt, mit verbundenen Augen und
gespreizten Knöcheln, sodass er sich nicht bewegen konnte.

Dann schob ich ihm langsam den großen Butt-Plug, den
er gekauft hatte, in den Arsch und zog die Lederpeitsche
vorsichtig über seine Eier.

Ich wusste nicht, dass ein Kerl kommen kann, ohne
gestreichelt oder gelutscht zu werden oder während man
ihn fickt, aber das kann er.

Und zwar so richtig hart.

Drei Tage später benutzte ich das letzte Spielzeug aus
der Schachtel. Wieder musste ich auf der Website nach-
schlagen – ich wünschte, den Sexspielzeugen läge eine
bessere Fickanleitung bei – aber ich habe es herausgefunden.

Ich muss zugeben, dass mich das nervös machte. Ich

befahl ihm, sich aufs Bett zu legen und fesselte ihn. Mit verbundenen Augen und geknebelt, streichelte ich seinen Arsch.

Ich glaube, er wusste, was ihn erwartete.

Es war kein normaler Strap-on, denn es war nicht wirklich ein Strap-on. Er hatte keine Riemen. Ein Teil davon glitt in mich hinein und hatte eine kleine vibrierende Kugel, die darin steckte. Ich schmierte ihn nervös und großzügig mit Gleitmittel ein und schüttete eine mehr als großzügige Menge zwischen seine Arschbacken.

Ich streichelte seine Hüften und versuchte, nicht zu stöhnen, weil es sich so gut anfühlte, mein Ende in mir zu haben. Ich schaltete den Vibrator ein und drückte die Spitze gegen seinen Arsch.

»Willst du es?«, flüsterte ich.

Er stöhnte mit dem Ballknebel in seinem Mund, nickte energisch und wackelte mit dem Hintern vor mir.

Ich glaube, es gibt kein komischeres Gefühl auf der Welt, als das erste Mal, dass du so etwas machst. Ich hatte Angst, dass ich zu schnell oder zu tief eindringen und ihn verletzen würde, aber er stieß seine Hüften hart gegen mich und spießte sich mit einem zufriedenen Grunzen auf.

Ich schlug ihm mit meiner Hand auf den Hintern. »Habe ich dir gesagt, dass du das tun sollst?«

Das Geräusch, das von seinem zitternden Körper begleitet wurde, konnte nichts anderes als amüsiertes Lachen sein. Er schüttelte den Kopf und murmelte ein »Tut mir leid, Herrin«, um den Ballknebel herum.

Nun, er hat die harte Arbeit für mich erledigt. Ich fing an, ihn zu ficken, aber dann merkte ich, dass ich ihn hören musste, um ihn nicht zu verletzen. Ich griff hinüber und öffnete die Schnalle an seinem Knebel.

»Sprich mit mir.« Als ich tiefer glitt, stöhnte er auf. »Scheiße, ja!«

»Bist du okay?«

Er nickte. »Bitte, fick mich!« Ich gehorchte.

Mein ursprünglicher Plan war gewesen, ihn dabei zu wichsen und mich dann von ihm ficken zu lassen, um auch mich zu befriedigen. Aber verdammt, es fühlte sich wirklich gut an, ihn mit diesem Ding zu ficken. Es traf mich perfekt an der Klitoris, die vibrierende Kugel reichte gerade aus, um ...

Ich umklammerte seine Hüften und stöhnte auf, als mein Orgasmus mich überkam.

Mein Mann bewegte seine Hüften und versuchte, mich zu ermutigen, nicht aufzuhören. Als ich wieder zu mir gekommen war, rollte ich mich um ihn herum, griff um seine Taille und packte seinen Schwanz, während ich ihn fickte.

»Also gut«, sagte ich. »Jetzt zeigst du mir besser, wie gut sich das anfühlt ...«

»Oh, Scheiße!« Er kam, sein ganzer Körper spannte sich an, als er heiße Säfte auf meine Handfläche spritzte. Dann erschauderte er und wir sackten schwer atmend auf das Bett.

Ich schaffte es, mich von ihm zu befreien. Ich nahm den Dildo mit ins Bad und ließ ihn im Waschbecken liegen, damit er sich darum kümmern konnte. Dann befreite ich seine Knöchel und Handgelenke. Er riss sich die Augenbinde ab, packte und küsste mich heftig.

»Das war so gut«, flüsterte er und hielt mich fest. »Das war so ... verdammt ... gut.«

Ich schloss die Augen, presste mein Ohr an seine Brust und hörte, wie sich sein Puls schließlich wieder verlangsamte.

Ich kehrte in die Gegenwart zurück und warf einen Blick auf das Chat-Fenster. Tony und ich chatteten noch ein paar Minuten lang. Dann wurde mir klar, dass ich nicht hier sitzen und am Computer reden wollte, während sich ein geiler Junge zu meinen Füßen räkelte. Ich streckte meine Zehen aus und streichelte den Schwanz meines Mannes, glitt hinunter und liebkoste seine rasierten Eier. Ich ließ ihn nie länger als eine halbe Stunde so sitzen, weil ich nicht wollte, dass er sich zu unwohl fühlte. Dreißig Minuten waren eine angenehme Grenze für ihn, besonders wenn ich ihn mit meinen Zehen traktierte.

»Bist du bereit, dich um mich zu kümmern?«, fragte ich.

Er nickte eifrig und sein Schwanz zuckte wieder. Er liebte es, so gefesselt zu sein. Ich merkte, dass ich es irgendwie mochte, eine schöne, warme, weiche Fußstütze zu haben, wenn ich am Computer saß. Und der Winkel seiner Oberschenkel, wenn er so auf den Knien saß, war für mich mit meinem Laptop sehr bequem.

Ich tippte.

Ich glaube, ich mache jetzt Schluss für heute. Ich muss mich noch um etwas kümmern.

Tony antwortete.

Oder jemanden?

Ich lachte.

Jemanden.

Tony antwortete schnell.

Viel Spaß, ihr zwei verrückten Kids. :)

Ich grinste.

Oh, den werden wir haben. Glaube mir.

ENDE

MEHR WOLLEN?

Cardinal's Rule
Suncoast Society Buch 3

Redbird

Tilly Cardinal machte sich nicht die Mühe, ihr Lächeln zu verbergen, als sie ihren Einkaufswagen durch die Gänge schob und die Artikel auf ihrer Liste abhakte. Heute Abend war etwas Besonderes. Es war zwar nicht ihr Hochzeitstag, aber Cristo war vier Wochen lang geschäftlich unterwegs gewesen. Es würde Spaß machen, seine Rückkehr zu feiern.

Verdammt, sie hatte ihn vermisst. Es war ein komisches Gefühl, allein in ihrer Wohnung herumzuwuseln. Sie hatten angefangen, sich Häuser anzuschauen, bevor er die Stadt für diesen Job verlassen hatte. Sie konnte es kaum erwarten, ihm die Häuser zu zeigen, die sie in seiner Abwesenheit besichtigt hatte. Vor ein paar Wochen hatte er sogar angedeutet, dass er sie heiraten würde, wenn sie es wollte.

Zum ersten Mal in ihrem Leben merkte sie, dass der Gedanke an eine Heirat sie nicht mit Angst erfüllte. Sie hatte noch nie in ihrem Leben jemandem so vertraut wie Cristo.

Nachdem sie alle seine Lieblingssachen eingekauft hatte, lud sie die Einkäufe ins Auto und fuhr nach Hause. Sie hatte vier Stunden Zeit, um sich vor seiner Rückkehr vorzubereiten. Während der Fahrt ließ sie ihre Gedanken schweifen. Sie hätte nie gedacht, dass sie lieben könnte, bevor sie Cristo kennenlernte, geschweige denn vertrauen. Nicht nach allem, was sie durchgemacht hatte.

Freund, Seelenverwandter, Geliebter, Partner. Meister.

An einer roten Ampel wanderte ihre Hand automatisch zu dem Luorit-Anhänger an ihrer Halskette, den er ihr geschenkt hatte, als sie sich ihm zum ersten Mal anvertraut hatte.

Ihr Tageshalsband.

Ihr stummes Zeichen zwischen ihnen, dass sie nur ihm gehörte, mit Herz, Seele und Körper.

Gott sei Dank wohnten sie in der ersten Etage des

Wohnkomplexes und nicht in der zweiten. Sie brauchte nur zehn Minuten, um die Einkäufe hineinzuschleppen. Als sie alles einräumte, bekämpfte sie ein ungutes Gefühl in ihrem Bauch. Sie drehte sich um und betrachtete die Wohnung.

Alles sah gut aus.

Oder nicht?

Der Fernseher, die Stereoanlage, die DVDs, ihr Laptop – alles war da, wo es hingehörte. Kein Raubüberfall.

Warum fühlte es sich dann so an, als wäre jemand dort gewesen?

Sie unterdrückte einen Schauer und rieb sich mit den Händen über die Arme, um ihre Gänsehaut zu vertreiben. Sie hasste es, allein zu sein, aber Cris' Job als Computerprogrammierer für ein staatliches Unternehmen erforderte es manchmal, dass er für längere Zeit verreisen musste. Leider war es ihm auf dieser Reise aus Sicherheitsgründen nicht möglich, mit ihr in Kontakt zu bleiben. Das ärgerte sie, aber es beunruhigte sie nicht, denn es war nicht ungewöhnlich. Sein Einkommen war die gelegentliche Funkstille wert.

Sie ging ins Schlafzimmer. Jetzt, da sie das Menü für ihr Essen kannte, wurde die Frage, was sie anziehen sollte, zur entscheidenden Herausforderung. Sollte sie sein braves kleines Mädchen sein, das Daddy zu Hause willkommen heißt? Eine geile Schlampe, bereit für einen langen, harten Fick? Oder eine Sklavin, die völlig aus dem Häuschen ist?

Worauf hätte er Lust? Diesmal hatte er ihr keine genauen Anweisungen hinterlassen. Er hatte sie weder angerufen noch eine SMS oder eine E-Mail geschickt. Auch das war nicht besorgniserregend, aber normalerweise gab er ihr in den Tagen vor seiner Rückkehr zumindest einen Hinweis.

Als sie sich umsah, spürte sie wieder dieses Unbehagen. Irgendetwas stimmte nicht, irgendetwas war falsch.

Dann entdeckte sie den großen Briefumschlag auf der Kommode. Darauf stand ihr Name.

In Cris' Handschrift.

Bevor sie an diesem Morgen zur Arbeit gegangen war, hatte er nicht dort gelegen. Sie schwor es.

Als sie ihn aufhob, spürte sie das Gewicht des Umschlags, der so voll war, dass er sich gegen die versiegelte Lasche abzeichnete. Sie setzte sich auf das Bett und öffnete ihn vorsichtig.

Oben fand sie einen Brief, geschrieben in seiner Handschrift.

Mein liebster kleiner Redbird ...

https://geni.us/cardinalrulede

HOLEN SIE SICH IHR KOSTENLOSES BUCH!

Tragen Sie sich in unsere Mailingliste ein, um Ihr kostenloses Buch zu erhalten.

https://geni.us/jungfrauunddervampir

BÜCHER VON LESLI RICHARDSON

ÜBER DEN AUTOR

Über die Autorin

Die Autorin Lesli Richardson, die besser unter ihrem erfolgreichen Pseudonym Tymber Dalton bekannt ist, lebt mit ihrem Ehepartner und zu vielen Haustieren in der Region Tampa Bay in Florida. Sie schreibt in einer Vielzahl von Hitzestufen und Genres, von Mainstream-Sci-fi bis hin zu heißem Ménage. Die USA Today-Bestsellerautorin (als Tymber) und zweifache EPIC-Preisträgerin ist nebenberuflich Wikinger-Schildmaid in Ausbildung und liebt es, mit ihren Freunden Tontauben zu schießen und D&D zu spielen. Sie ist außerdem die Autorin von über zweihundertfünfzig Büchern, darunter *The Reluctant Dom*, *Cross Country Chaos*, *Her Vampire Obsession*, die Bleacke-Shifters-Serie, die Governor Trilogie, die Determination Trilogie, die Great Turning Trilogie, die Suncoast-Society-Serie, die Love-Slave-for-Two-Serie, die Triple-Trouble-Serie, die Coffee-shop-Coven-Serie, die Good-Will-Ghost-Hunting-Serie, die Drunk-Monkeys-Serie und viele andere.

Sie lebt in ihrer eigenen kleinen Welt, aber das ist in Ordnung – alle kennen sie dort.

Sie liebt es, von ihren Lesern zu hören! Schauen Sie auf ihrer Website vorbei und melden Sie sich für ihren Newsletter an, um über die neuesten Nachrichten, Sneak Peeks und Veröffentlichungen auf dem Laufenden zu bleiben.

Ehrliche Rezensionen sind immer willkommen; sie

tragen zur Sichtbarkeit eines Buches bei und können seine Platzierung auf den Websites von Buchhändlern verbessern. Selbst nur ein paar Zeilen darüber, was Sie beim Lesen des Buches empfunden haben, sind hilfreich. Vielen Dank, wir wissen Ihre Zeit sehr zu schätzen!

Newsletter: https://tymberdalton.com/newsletter/
http://www.tymberdalton.com